丸山正樹

Deaf Voice 4
Masaki Maruyama
デフ・ヴォイス

わたしのいないテーブルで

東京創元社

目次

わたしのいないテーブルで

デフ・ヴォイス

＊主な登場人物＊

荒井《あらい》尚人《なおと》……コーダの手話通訳士。元警察事務職員
荒井みゆき……尚人の妻。飯能署勤務の刑事
荒井美《み》和《わ》……みゆきの連れ子。中学三年生
荒井瞳美《ひとみ》……尚人とみゆきの間に生まれた娘。ろう児
荒井司《つかさ》……ろう者。荒井尚人の甥
安斉《あんざい》園子《そのこ》……みゆきの母親
手《て》塚《づか》瑠《る》美《み》……ＮＰＯ法人「フェロウシップ」代表。コーダ
片貝《かたがい》俊明《としあき》……「フェロウシップ」顧問弁護士。中途失聴者
新藤《しんどう》早苗《さなえ》……「フェロウシップ」のスタッフ
何森《いずもり》稔《みのる》……飯能署刑事。みゆきの同僚
漆原《うるしばら》英知《えいいち》……美和の幼馴染《おさななじみ》。手話を荒井尚人に習う
冴島《さえじま》素子《もとこ》……ろう者。デフ・コミュニティに多大な影響力を持つ

長澤《ながさわ》トキ子……ろう者。荒井尚人の母親と面識がある
益岡忠司《ますおかただし》……ろう者。荒井尚人とは旧知の仲
新開浩二《しんかいこうじ》……ろう者。自動車整備士
深見慎也《ふかみしんや》……ろう者。自動車整備会社を経営
勝俣郁美《かつまたいくみ》……ろう者。母親への傷害事件で逮捕される
勝俣智子《かつまたさとこ》……郁美の母親。聴者《ちょうしゃ》

プロローグ

みなの手が顔の前でひらひらと動く。

この中で唯一手話を解さない園子《そのこ》でさえも、笑顔で両手をひらめかせていた。

もちろん本日の主役たる瞳美《ひとみ》は満面の笑みだ。たった四本とはいえ、ケーキに立てられたロウソクの火を自分一人で吹き消すことができたのは初めてのことだった。誇らしげな顔を家族の方に向けてから、みなの〈拍手〉に思いっきりの笑顔で応えている。

荒井尚人《あらいなおと》は、その光景をどこか不思議な気分で眺めていた。

奇跡、という言葉を使えば大げさと思われるだろう。しかし荒井は、自分がこんな風に団らんの日を迎えることができるとは、本当に想像もしていなかったのだ。

十二月の後半に生まれた瞳美の誕生日のお祝いは、両親である荒井とみゆき、十四歳になる姉の美和《みわ》の家族だけでなく、荒井の兄・悟志《さとし》一家——妻の枝里《えり》、長男の司《つかさ》——や、みゆきの母・園子たちも集えるよう、クリスマス近くの日曜日に開くことが最近は恒例になっていた。

二人の孫に無条件の愛情を注ぐ園子はともかく、数年前まではほとんど行き来のなかった悟志の一家までもが参加するようになったのは、瞳美が「聴こえない子」であることと無関係ではないだろう。

デフ・ファミリー——家族全員が生まれつき聴こえない「ろう者」——である悟志たちにとっ

ては、「ろう児」として生まれた瞳美は、まごうことなき自分たちの「ファミリー」なのだ。

同じくろう者だった荒井の母・道代《みちよ》は瞳美の生まれる数年前に亡くなっていたが、生きていれば園子以上に孫のことを溺愛したに違いない。

ロウソクを消すという儀式が終わった後は、みなからのプレゼント攻めだ。司から、園子から、美和から。差し出されたプレゼントを受け取っては、瞳美は歓喜の声をあげている。

美和が渡したのは、三人で相談して選んだ――といってもほとんどみゆきと美和の二人の意見で決まったのだが――絵本だった。

去年も一昨年も、ただ「何か貰える」ことで喜んでいた瞳美だったが、今年は包みを開いて、それが「本」であるのを確認した上で喜んでいるのは成長のあかしだろう。

その光景を見ていた司が、笑顔で手と顔を動かす。

瞳美の周りにいる大人たちを一人一人指さした後、軽く握った手を顎に当て、すぼめながら前方に出してから袋を担ぐ動きをする（＝サンタクロース）。最後に、拳の親指側を鼻の前に持ってきた（＝良い）。

にこやかな表情と合わせ、全体で、

〈瞳美ちゃんにはいっぱいサンタさんがいていいね〉

という手話表現になる。

しかしそう言われた瞳美は、キョトンとした表情を浮かべていた。

司は、一斉に向けられたみなからの視線――特に美和は鬼のような顔で睨んでいた――に気づき、しまった！という顔になった。

すかさずみゆきが、

〈みんなからこんなにたくさんプレゼントもらって〉〈その後またサンタさんからプレゼントもらえる瞳美ちゃんのことが〉〈うらやましいって〉

そうフォローした。

瞳美が合点《がてん》したように、うんうん、と肯く。

荒井は、浮かびそうになった苦笑を慌てて噛み殺した。みゆきに見られたら、笑い事じゃないとまた怒られるに違いない。

「サンタクロースを信じていた」という経験が、荒井にはなかった。まだ物心のついていない幼児期は分からないが、少なくとも最初の記憶にあるクリスマスプレゼントは、親がくれた「ブーツの形をした容器にアメがぎっしり詰まったもの」だった。

それを特に不思議に感じた覚えもないから、「サンタの正体」を知ってショックを受けたこともないのだろう。そのため、今でも幼い子供たちが「サンタクロースが存在する世界」で生きていることを中々理解できない。いや頭では分かっていても、ついそれを忘れてしまう。

みゆきとまだ交際中の頃、五歳ほどだった美和と三人で、クリスマスの家族団らんを伝えるニュースがテレビから流れるのを観ていて、「あの年でもサンタクロースがいるって信じてるんだな」とつい口にしてしまったことがあった。

さっきの美和と同じく鬼のような形相でみゆきから睨まれ、初めて失言に気づいた。幸いその時は、美和が荒井の言葉に気づかなかったのか、あるいはまた何か変なこと言っていると取り合わなかったのか、失言について問い詰められることもなくすんだのだが、以降は言動に気を付けるようにしていた。

努力の甲斐あって、美和も成長するにつれ他の子供たちと同じように「サンタの存在する世界」から「存在しない世界」へと自然に移行できた。甥の司が今、あの時の自分と同じ失態を犯しかけたのがおかしかったのだが――。

ふと、司も同じだったのかもしれない、と思い当たる。つまり、物心がついた頃から「サンタからプレゼントをもらったことなどない」のではないか。

デフ・ファミリーという環境とは別に、愛想のかけらもないあの悟志がサンタの真似事をしているところなど想像できなかった。屈託のない瞳美の様子に安堵《あんど》しながらもまだバツの悪そうな顔をしている司が、少し気の毒になった。

昨年ろう学校（正確には特別支援学校）の高等部を卒業し、専攻科に進んだ司は、授業のない時には学校の許可も得た上で荒井の知人である深見慎也《ふかみしんや》の自動車整備会社で働いていた。家の事情――主に経済的な――で大学進学を諦めなくてはならなくなった時にはかなり荒れた司ではあったが、最近はだいぶ落ち着いたようだ。

当初は「整備士になんかなる気はない」と不服げだったのに、最近はすっかり同じ会社で働く新開浩二《しんかいこうじ》に心酔して、弟子のようにくっついて回っているという。しかしその新開自身が〈大学に行ける頭があるんだから通信でもいいから行け〉と助言しているらしく、他の者の言うことなどきかない司が真面目に勉強もしているというから、随分変わったものだ。

大手自動車会社の特例子会社である深見の工場には、同じろう者である深見や新開はじめろう者が大勢いて居心地がいいのだろう。

そう思ってから荒井は、今この場にいるのが、「ろう者」と「聴者《ちょうしゃ》（聴こえる者）」、ちょうど半々であることに気づいた。前者は悟志一家に加え、瞳美。後者は瞳美を除く荒井の家族、そして園子。しかしながら会話のほとんどは、手話でなされていた。

CODA（コーダ）――Children of Deaf Adults。聴こえない親から生まれた聴こえる子――である荒井が達者であるのはもちろんのこと、幼い頃から荒井から手話を習っていた美和もすでに上級者であり、全くできなかったみゆきも瞳美が生まれたことによって懸命に覚えていた。だからこの場で手話が「共通語」として使われるのは自然なことなのだ。

ひとり手話を解さぬ園子には、みゆきと美和が交互にみなの話を「音声日本語」にして伝え、園子の言うことは手話にして他のみなに伝えているから不自由はないはずだった。

とはいえ、園子の表情からもどかしさが拭えないのも無理はない。彼女が可愛い孫である瞳美と直接「会話」をしたのは、その場で教えてもらった、

結んだ両手を胸の辺りから上げながらぱっと開く（＝おめでとう）

両手を顔の近くでひらひらさせる（＝拍手）

ぐらいで、あとは、表情や身振りで感情を伝えるぐらいしかできないのだ。目の前で、司たちが楽しそうに瞳美と会話しているのが羨《うらや》ましくて仕方がないに違いない。

荒井が感じたのと同じことを思ったのだろう、みゆきが、

「お母さんもこっちに来て瞳美と話せばいいのに」

と声を掛けた。

「話すって言ったって、手話できないもの」

園子が、抗議するように言葉を返す。

「今までだって表情や身振りで『お話』をしてたじゃない」

「前会った時はそんな感じだったけど……」園子の顔が少し悲し気になる。「さっきちょっと話したら、キョトンとされちゃって」

「『声』で話したんでしょ、それじゃ通じないわよ」

苦笑しながら言うみゆきに、園子が小さくため息をつく。

「あの子ももう少し言葉を覚えてくれればねえ」

「お母さん——」

みゆきが、たしなめるような声を出した。

失言と悟ったのか、園子も肩をすくめる。

手話は、言語——。中でもろう者が昔から使う「日本手話」は、「音声日本語」と同じように文法を持ち、複雑な感情やニュアンスまで伝えることのできる「言葉」である。

みゆきから何度もそう言い聞かされていて頭では分かっているに違いないが、園子の本音としては、孫にも「自分と同じ言葉」をしゃべってほしいのだろう。

みゆきは、「ほんとお母さん、いつまでたっても理解してくれないんだから」とたびたび愚痴をこぼす。

「何で普通の幼稚園に行かさないのか、ってしょっちゅう言ってくるのよ、やんなっちゃう」

だが荒井には、そんな園子を責めることはできなかった。当のみゆきとて、瞳美が現在通う私立のろう学校——すべての授業を手話で行う国内で唯一の学校・恵清《けいせい》学園の幼稚部に通わせることを決めるまでには、少なからぬ葛藤があったのだ。

本当に手話だけでいいのか。

音声日本語を習得しないままで将来困ることはないのだろうか、と——。

気まずい空気を察したのか、横から美和が軽い調子で言った。

「おばあちゃんも手話を覚えればいいのよ」

「この年になって、もう無理無理」

「そんなことないよ、お母さんだってようやく、だもんねえ」

からかうような美和の言葉に、みゆきが「はいはい、まだまだあなたには敵いませんよ」とへりくだったように答える。

「頑張ったらできる、って言ってるの」

美和が再び園子に向き直り、優しく言った。

「おばあちゃんだって覚えられるよ」

「そうそう」とみゆきも同調する。「とにかく、声を出さずに瞳美とお話ししてればいいのよ。遊びながら。そうしていれば自然に覚えていくから」

「そんなこと言ったってねえ……」

園子はうらめしそうな顔で、司たちと手話《おしゃべり》で会話している瞳美のことを眺める。

「ちょっと一緒に来て」

美和が、園子の手を取り、瞳美たちの方に連れて行った。彼らの前で手と顔を動かす。

〈お姉ちゃんとおばあちゃんも仲間に入れて〉

〈いいよー〉瞳美は満面の笑みで迎えた。

〈プレゼントした本で、みんなで遊ばない?〉

〈ほんで?　どうやって?〉

家族からプレゼントした絵本は、「手話で遊ぼう」という題名で、手話を知っている子供はもちろん、知らない子供も、大人でも楽しめる内容になっていた。

〈みんなで当てっこしよう!〉

美和の言葉に、〈しよう、しよう〉と瞳美も嬉しそうに応える。

園子も戸惑いながらではあるが、瞳美と遊べるのが嬉しいのだろう、身を乗り出していた。

「……あの子も、ようやく反抗期を脱したみたいね」

その光景を眺めながらみゆきが言った。

美和のことだ。

「反抗期、だったのかな」

荒井は呟くように答える。

「そうでしょ。あの子は幼児期にあまりなかった分、思春期のが長引いたのよ」

みゆきは軽い口調で続けた。

確かにこの一年ほどで、美和は変わったと荒井も思う。昨年の今頃などは、今日のようなお祝いの場にも少し顔を出しただけで自室に引っ込んでしまい、みなと遊びに興じるなどということはなかった。日ごろも家族とはほとんど口を利かないありさまだったのだ。

それが最近は、幼い子供の頃ほどではないにしろ、少しずつ口数も増え、食卓での会話（もちろん手話だ）にも加わるようになっている。

だがそれは、みゆきの言うような「反抗期が終わった」という単純なものではないのでは、と荒井は思っていた。

母親が再婚した上に、自分の下に「聴こえない子」が産まれた。そのことで、親は妹にかかりきりになってしまった。思春期を迎えた彼女とて、悩み事も多かったに違いない。しかし幼い頃から「聞き分けのいい子」であった美和は、仕事と家庭の両方に問題を抱えておおわらわの母親に、そんな思いを打ち明けることができなかった。

父親の方は元から頼りない。抱えた屈託を表に出すことができず、内にこもってしまった——。

「それと」みゆきがほほ笑み、口にした。

「英知《えいち》くんのおかげかな」

そう、彼女も分かっている。親や、おそらく教師や学校の友人にさえも打ち明けられなかった胸の内を、ただ一人伝えられる相手ができたことを。美和が明るさを取り戻すことができたのは、「彼」の存在が大きいのだということを。

荒井は、もう一度部屋の中を見回す。

わずか六畳の和室いっぱいに「家族」が集い、全員が楽しそうに笑っている。

荒井が幼い時には、ついぞ味わったことのない光景が、そこにあった。まごうことなき幸せな、平和な時間がそこに流れていた。

まさかこの数か月後に、世界が一変するような出来事が起こるとは、この時、思いもしなかったのだった。

第一章　感　　染

春になっても、それは終息しなかった。

前年の十二月に中国・武漢《ぶかん》市で報告された原因不明の肺炎は、「COVID-19《コヴィッドナインティーン》（新型コロナウイルス感染症）」と名付けられ、またたく間に世界中に拡散した。

当初は「対岸の火事」程度にしか受け止められていなかったわが国でも、年が変わった一月の末頃に日本人の初感染が発表されてからは様相が一変した。

二月に入り、乗客に感染者が発生したため横浜港で隔離されていたクルーズ船において集団感染が発生。さらにその月の中頃にはクルーズ船とは無縁の場所で国内初の死者が確認され、経路不明な感染者が相次いで報告されるにいたり「市中感染」は現実のものとなった。

海外での感染拡大は、日本の比ではなかった。三月上旬になると、スペインやフランスなど欧州の広範囲で猛威を振るうようになり、アメリカでも感染拡大がみられるようになった。流行が世界中に広がる中、ＷＨＯ（世界保健機関）はついに「パンデミック」と認定。同じ頃わが国では、春のセンバツ高校野球の中止が決定される。さらに、七月に開幕が予定されていた東京オリンピックについて一年程度延期することが発表され、誰もが「これはただごとではない」と認識するようになったのだった。

海外に倣って「緊急事態宣言」を発令するか否か、国がそれを決められない中、東京を中心とする各自治体は不要不急の外出自粛を市民に要請し、合わせて「三つの密（密閉・密集・密接）」を避けるよう呼びかけた。

国内の感染者数は三月終盤以降に急増し、四月七日、首相はついに東京都など七都府県を対象に期間限定での「緊急事態宣言」を発令。さらに十六日には対象を全国に拡大。旅行や帰省の自粛を国民に求めた。

遊びでの外出はもちろん、企業がリモートワークへの移行に努めた結果、観光地や繁華街は元より街中は閑散とし、通勤電車の中でさえガラガラになった。多くの飲食店は店を閉め、そのまま開かずに終焉を迎えた店も少なくなかった。

大人だけではない。子供たちもまた——。

「緊急事態宣言」に先立つ二月二十七日、首相が「三月二日から春休みに入るまで小中高などの一斉休校を要請する」と表明した。与党幹部も直前に知った突然の決定だった。

こうして、子供たちの「春」は奪われることになったのだった。


美和は四月、中学二年から三年に上がった。

しかし三月からの一斉休校により、終業式と入学式の時に登校した以外は「自宅学習」の身となっていた。

「新入生もだけど、卒業した三年生がほんとかわいそう。『中学の卒業』っていう、人生での一大イベントを奪われちゃったんだもん。泣くに泣けないって、ほんとこのことでしょ」

例年と異なる春が過ぎた日曜日の午後——。

ダイニングテーブルでのみゆきと美和の会話が、聞くとはなしにリビングでパソコンを広げている荒井の耳にも入ってきた。瞳美はお昼寝中だったから、こういう時はやはり「音声日本語」での会話になる。

美和の大人びた口調がおかしかったが、当人たちの身になってみればもちろん笑い事ではない。

「親もそうよ」みゆきが同調していた。「卒業式に出られないなんて悲しすぎる」

「来年は大丈夫よね、あたしたちの時」

「それはそうでしょ……でも授業再開がいつになるかは分かんないんでしょ」

「うん。とりあえず今出てる課題をやっとけってことみたい」

首相が発した全国一斉休校を巡っては、「現場」に大きな混乱を巻き起こしていた。

突然の決定であるのに加え、あくまで「要請」で、最終的な判断は各自治体に委ねられたことが大きな原因だ。時期だけでなく、その間の学習指導についても同様だった。

高校だとその主体は都道府県になりまだ統一感があるが、小・中学校の場合は「市町村」の判断となり、対応もまちまちになる。私立中学などではオンライン授業の検討が始まっているというが、公立ではまだその動きは鈍い。

美和が言うように、「とりあえず」春休みの宿題的な課題がどっさりと出た。しかしそれをいつまでにこなせばいいのか、終えた課題はどのように提出したらいいのか、この課題が終わったらどうするのか、まるで未定のままなのだ。

「ま、長い春休みって思えば大したことないけどね」

美和は呑気な態度を装っているが、本心では大きな不安を抱えているに違いない。何しろ中学の最終学年。部活では引退前の最後の大会を前に、本来であれば今頃はどのクラブも練習に励む時期だ。

それが終われば、いよいよ高校受験が控えている。美和も春休みから塾に通う予定になっていたのだが。

「塾も休みになるとは思ってなかったよねー」

「そっちはオンラインでやるんでしょ」

「オンライン、なんか嫌よね。常に見られてるみたいで」

「いいじゃない、個別授業よ、ぜいたく」

「さぼれなくてやだー」

「何、最初からさぼること考えてんのよ」

トイレに立ったついでに、ダイニングをちらりと覗いた。

テーブルには学校の課題なのか塾のそれかは分からないが、問題集が開かれている。ただ談笑していただけでなく、分からないところを母に訊くためにダイニングに来ていたのだろう。

今までみゆきがいくら勧めても首を振っていた美和が、自分から「塾に通いたい」と言い出したのだから、その決意は相当なものだ。それなのに出鼻をくじかれた恰好になり、焦りはあるに違いない。何のアドバイスもできない自分が、ふがいなかった。

荒井は、高校は学力に見合う近隣の公立校に進み、大学には行っていない。受験勉強をした経験と言えば、県職員の採用試験を受けたぐらいしかなかった。今の美和の参考になるようなことは、何も言えない。受験に関してのあれこれは、短大卒のみゆきに任せるしかなかった。

トイレから戻ってくると、美和は自室へ消え、みゆきがキッチンに向かって夕食の準備を始めていた。

「ああ、俺やるのに」

「休みの日ぐらい私がやるわよ」

あっさり応える彼女にそれ以上言い募《つの》ることはしなかったが、休みの日ぐらい休めばいいのに、と思う。だが実際にそれを口に出せば、「普段、家のことも子供たちのことも任せっきりだから」という言葉が返ってくるに違いない。実際に今の生活が始まった頃そう口にしてしまい、みゆきと少しばかり口論になったのだった。

「休みの日ぐらいさせてよ。家のことも子供たちのことも任せっきりなんだから」

「それはしょうがないだろう。君には仕事があるんだから」

それもただの仕事ではない。みゆきは、飯能《はんのう》署の刑事課に勤務する警察官――刑事なのだ。

コロナ禍《か》が始まってからは、政府の推奨で企業はリモートワークへの移行を試みるようになっていたが、それが叶わぬ職種は多い。特にエッセンシャルワーカーと呼ばれる、生活維持に欠かせない医療や福祉、農業や小売業、公共交通機関等に従事する人々は「在宅で」というわけにはいかなかった。消防や警察もまた、その一つだ。

一年半ほど前に育休が明けて復職した当初は、みゆきも時短勤務を上司に申し出て許可されていたが、飯能署に移ってからしばらくして主任の立場になり、あまり勝手もできなくなった。いや、頼めばできるのかもしれない。だが、責任ある仕事を与えられ意欲に溢れている彼女の気持ちが、荒井には分かった。

自分はフリーの手話通訳士であるから、融通は利く。みなが自粛生活になったことにより、派遣通訳――「聴こえない人」が病院を受診したり銀行や役所などで手続きしたりする際に同行して手話通訳をする仕事――も激減した。

二人で話し合い、みゆきがフルタイムで働き、荒井が家事だけでなく子供のケアも今まで以上に担うことを決めたのだった。

「じゃあ、今の事件《やま》が片付くまで。それまで、お願い」

最後にみゆきはそう言って頭を下げたが、「事件」がそれ一つで終わるわけではないことは、かつて同じ職場にいたことのある荒井にはよく分かっていた。

「あー」

背後から、言葉にならない声が聴こえ、振り返った。瞳美が昼寝から起きたのだ。

リビングに敷いた幼児用の布団《ふとん》の上に横たわっている瞳美に近づき、荒井は手と顔を動かした。

〈起きたか〉

目をこすりながら半身を起こした瞳美も、手と顔を動かす。

〈おかあさんは?〉

〈ご飯つくってる〉

〈おねえちゃんは?〉

〈お勉強中〉

〈わたしもおべんきょうする!〉

〈よし、やろう〉

荒井は肯いて、子供部屋まで瞳美の「勉強道具」を取りに行った。

ドアをノックして、声を掛ける。

「瞳美の勉強道具を取りたいんだけど、いいか」

「どうぞ」

ドアを開け、中に入った。美和は机に向かったままだ。

「勉強中、悪いな」

部屋の奥へと進み、瞳美用の小さなボックスケースから彼女の勉強道具――ノートや鉛筆、クレヨン、画用紙などを取り出し、それを持ってドアの方へと戻る。

「邪魔したな」

ドアを閉めるとき、美和の方に目をやった。

返事はないかと思ったが、美和はこちらをちらりと見ると、顎に小指を当てて小さく口を尖らせた（＝別に構わない）。

荒井は小さく肯き、ドアを閉めた。

リビングに戻り、テーブルに置いたパソコンの前に瞳美と座った。テーブルに彼女の勉強道具を広げてから、パソコンの電源を入れる。

インターネットを立ち上げると、学園が配信している「学習支援動画」の一つにアクセスした。公立の中学だけでなく、瞳美の通う私立の恵清学園までが登園休止になったのは、正直、誤算ではあった。

自分のことは自分でこなせる美和とは違い、四歳の子を一人で家に置いておくことはできない。事実上、荒井は「休業」を余儀なくされた。そのことは仕方がないとは言え、幼い娘と二人だけで家にいる状態が長期間続くことに、少なからぬ不安を抱えていたのだった。

それでも恵清学園の、在宅支援への対応は早かった。メールによるきめ細やかな連絡、そして幼稚部から高等部まで、学園のインターネットサイトを通してたくさんの動画が配信された。

動画を観ながら、子供たちが工作をしたり手話リズムをしたりする。それを各家庭でも撮影し、園に送る。そんなスタイルでの双方向の授業がすぐに始まったのだ。

画期的だったのは、動画配信の内容だった。

絵本の朗読などはもちろん、学園長による「新型コロナウイルスって何でしょう」といった解説や、劇仕立ての「新型コロナウイルスをげきたいしよう！」といった予防策など、ウイルスについての情報提供も、すべて手話で行われていたのだ。

「すべての授業を手話で行う」という園の教育方針を考えれば当たり前のこととも言えるが、幼児でも理解できるように分かりやすく解説されたそれらの動画には、大人のろう者が見ても必要十分な情報が網羅されており、少なくともこの時期に公開された「ろう者のためのコロナウイルスの解説・対策」の中では最も分かりやすいものではないか、と荒井は思っていた。

また一方通行にならないように、「見る」だけでなく、「手話で話す」ことに重きを置いた内容にもなっていた。

今日の配信動画が始まった。

タイトルは、「てのかたちでことばをかんがえよう」。

幼稚部の先生が画面に登場する。まずは挨拶。そして先生が手と顔を動かす。

〈きょうのお勉強は何かというと……〉

両手を顔の前で開いて（＝手）から、いったんグーにして親指と人差し指を出し、それを交互に上下させる（＝形）。

〈「手の形」を使っていろいろ言葉を考えましょう〉

そして、右手の指を一本出す。

〈これは？　そう、数字の1。この形でできる言葉は？　何があるかな……〉

先生が、人差し指をこめかみの近くに当てる（＝考える）。

その指を上に弾くようにすると同時に、はっとした顔をする（＝思いつく）。

〈いろいろあるねー。他には……〉

再び考える仕草をして、次は、人差し指を鼻の先をかすめるようにして斜め下に下ろす（＝悪い）。

そして、カメラに向かって、

〈他に何があるかな？　みんなも、おうちのなかで、お父さんやお母さんと一緒に、1をつかってどんな言葉があるか、考えてみてねー〉

と手を振った。

動画はそこで終わったが、本番はこれからだ。荒井は瞳美と向き合った。

〈1を使って、どんな言葉が考えられるかな？〉

瞳美は左手の人差し指を立て、自分のことを指さした。

荒井は肯いて応える。

〈そう、自分〉

その人差し指を見ながら考えていた瞳美が、何か思いついたように、その指を下唇に当てて右から左に動かした。瞳美は左利きなので左右の動きが逆になる。

〈そう、赤〉

瞳美は嬉しそうな顔で、また考える。今度は、頬を内側から舌で押しながら、そこを人差し指でつつく。

〈あ、嘘、だ！〉

荒井の反応に、瞳美が大笑いした。

どんどん「言葉」が溢れ出てくる。

楽しくてしょうがない、という表情の瞳美を見ながら、今頃、他の子供たちの家庭でも同じような光景が繰り広げられているのだろう、と荒井は想像する。

今回の動画以外でも、たとえば、「おりがみをつかって花をつくろう」といった工作や、「ひなまつりの手話リズム」といったリズム動画。どんな場合も一方通行のものではなく、その動画を観ながら、あるいは観た後、子供と家族とで手話で話す時間が設けられるつくりになっていた。

一般的にはあまり知られていないことだが、「聴こえない子供の九割は聴こえる親から生まれる」と言われている。

実際、恵清学園に通うろう児の親の多くが、聴者なのだ。

入園と同時に（あるいはそれ以前から）親も手話を学びはするが、デフ・ファミリーでもなければ園のろう児や教師たちほど手話が達者な親はいない。手話に関しては親の方が「カタコト」になってしまうのだ。

そのため、休園によって家庭にいる時間が長くなるとその分、子供たちは手話に触れる機会を失ってしまう。

だがこういった動画があることで、子供たちが手話を使う時間をつくれるだけでなく、親たちも、子供と一緒に観て、遊びながら覚えることができる。じかに子供たちの手話に触れ、手話で会話をすることができるのだ。

本当は、こういう機会にこそ、みゆきにそばにいてもらいたかった。

食事の支度《したく》なんてどうでもいい。瞳美と一緒に、手話で遊ぶ機会をできるだけ多くつくってほしかった。

だが。

「瞳美がスムーズに手話を使えるのは、やっぱり私よりあなたの方だから。お勉強の時間はできるだけ園にいる時と同じような環境の方がいいでしょ。私は別の時に一緒にいるから」

そう言われてしまえば、返す言葉はなかった。確かに、瞳美の言葉の上達にとっては、荒井の方が「良い教師」であるに違いない。

だが、みゆきにとっては？

単に手話を覚える・覚えないではない。瞳美と手話でコミュニケーションをとること。共に遊びながら手話をマスターしていくこと。

そう、彼女自身が園子に同じことを言っていたではないか。

――とにかく、声を出さずに瞳美とお話ししてればいいのよ。遊びながら。そうしていれば自然に覚えていくから。

みゆきにも、本当はそうしてほしかったのだ。


動画配信を観ながらの「学習」の時間が終わると、「自習」の時間となった。

瞳美はテーブルの上にスケッチブックを広げ、クレヨンを取り出し、好きに色を塗りたくっていく。

何事にも興味津々で遊ぶこと、楽しむこと、は何でも好きな瞳美だったが、中でも今一番夢中になっているのが、この「お絵描き」だった。

荒井には、絵の巧拙《こうせつ》は分からない。いや、まだ四歳の娘の絵について上手い下手を言うべきではないだろう。それでも――親のひいき目を差し引いたとしても――瞳美は色の使い方がとても個性的であることが分かる。

今、夢中になって描いているのは、大きな羽を持った虫だか動物だか分からない生き物だ。一体そんな生き物をどこで見たのかと首を傾げてしまうが、瞳美はためらうことなく一心不乱にクレヨンを動かしている。

その動きが突然止まると、手にしたクレヨンを箱に戻し、新しい色を手にする。全く迷いがないのが不思議だった。彼女の頭の中には、はっきりとその色が浮かんでいるのだろう。

瞳美が「お絵描き」タイムに入ると、しばらくは手がかからない。

荒井は、ニュースを観ようとテレビをつけた。

埼玉県知事の会見が始まっていた。手話通訳の姿を探したが、やはりどこにもいなかった。

「ああ、まだ手話通訳ついてないのね」

キッチンから顔を出したみゆきが言う。

「そうみたいだな」

「予算の関係とか言ってるんでしょ？　手話通訳ってそんなにギャラよかったのねえ」

嫌味っぽい言葉に、苦笑を返すしかなかった。

ウイルスの感染が拡大し始めてから、各自治体の知事の会見には相次いで手話通訳が配置されるようになったのだが、最初に政府の緊急事態宣言発令対象となった都府県の中で埼玉県だけがいまだ対応していないのだ。

コロナ禍にあって、怪我の功名とでも言うべきか、思わぬところで手話及び「手話通訳者」が人々の関心を集めるようになった。

会見などでテレビ画面に映ることが増えていくと、「手話通訳者がマスクをしていない」ことが注目されたのだ。

当初は、インターネットのＳＮＳ上などで「なぜマスクをつけないのか。感染リスクを考えないのか」と非難されていた。それに対し、誰かが「なぜ手話通訳者がマスクをしないのか」を説明するリプライ（返事）をした。

【実は手話で大切なのは、手の動きよりも顔の表情や口の動きなんだよ】

というその説明が、すべて正確なものだったわけではない。簡略化されすぎていて、「聴こえない人はみな読唇術《どくしんじゅつ》ができる」と誤解されるおそれもあった。

手話では、口の形で数字や固有名詞を表現することもあるが、それだけでなく口の形で副詞表現など文法的な役割を果たすことが多い。顎の出し引きで肯定か否定かを伝えることもある。

相手がマスクをしているとそれらが伝わらないだけでなく、そもそも声を出しているのかさえも分からない。複数の者と会話をしている場合には、誰がしゃべっているのかも不明だ。したがって、手話通訳時にはマスクなどで口元を隠さないことは基本とされているのだ。

多少言葉足らずな説明であったとはいえ、これらのやり取りで、「聴こえない人たちには口や顔の動きも重要なのだ」と知った者が多かったのは間違いない。キッカケは何にしろ、彼らについての理解が広がるのは悪いことではなかった。

手話通訳者の感染防止については、その後、マスクに代わるマウスガードやフェイスシールドなど、さまざまな方法が試されるようになったのも幸いだった。

だが、いいことばかりではなかった。

いや、普段から厄介ごとの多い「聴こえない人」たちにとって、コロナ禍は、さらに困った事態を引き起こす要因でしかなかった。

　唯一の吉事であった「会見における手話通訳者の広がり」にしても、実際は、テレビ中継では画面からはずれていたり、ワイプで映している場合には小さすぎて手話が読み取れなかったり、というケースがままあった。

　コロナ対策に関する相談や手続きの連絡・相談窓口が、「電話のみ」というところも多かった。当事者たちからの苦情や相談を受け、ファックスやメールでも受け付ける、と切り替えたところもあったが、それでもなおファックス番号やアドレスの記載が分かりにくかったり、対応時間が限定されていたり、という不備があった。

　また、ソーシャルディスタンスの徹底や「人との接触をなるべく減らす」という政府の方針は、ウイルス対策としては正しいものではあっても、「他人の介助を必要とする者」たちにとっては、相当の不便を強いるものとなった。

　常に介護者を必要とする重度の身体障害者はもちろん、日常的にガイドヘルパーを頼んでいる視覚障害者、「触手話《しょくしゅわ》」で会話をする盲《もう》ろう者（目も見えず耳も聴こえない人）など、介助や介護に「身体の接触」を伴う者たちは、互いに感染のリスクを抱えることで困惑の極みに立たされることとなった。

　もともと人手が足りず、ぎりぎりで対応していた事業所が多かった介護ヘルパーについては、感染リスクを不安に感じて仕事を離れるヘルパーが少なくなく、また実際に感染者の「濃厚接触者」になってしまい、しばらく仕事を休まざるを得ないヘルパーなども出てきた。その結果、人手不足はさらに顕著になり、重度障害者が自宅で介助を受けられなくなるケースがあちこちで起きていた。

ガイドヘルパーに同行してもらう視覚障害者にとっては、体に触れずに歩くというのは難しい。こちらもヘルパー不足とともに、「周囲の目が気になり外出を控えるようになった」という利用者の声が多く聞かれるようになった。

「聴こえない者」たちも、例外ではなかった。

各種手続きに同行する手話通訳に関しては、マウスガードやフェイスシールドなどで感染予防をはかり、一定の距離を保つことは可能でも、医療通訳の場などでは感染リスクが通常よりも増える。それを理由に医療通訳を断る通訳者も出てきている、と耳にしていた。

その話をした時、みゆきは、

「う－ん、でも、そういう人たちを一概に非難はできないかも」

と首を傾げた。

「そうか？」荒井には、みゆきの言葉が意外だった。

「君だって、仕事で感染リスクの高いところに行かざるを得ないことがあるだろう？　そんな時、断りはしないだろう？」

「そうね……その時はそれなりの防備をしていくけど」

彼女はそう言ってから、続けた。

「もしかしたらその人は、身内に疾患を抱えた人がいるのかもしれない。高齢の親と同居してるのかもしれない。もし自分が感染してしまったらそういう人たちを命の危険にさらすことになる……そんな風に断腸の思いで断っているのかもしれないし」

確かにそうかもしれない。そこまで思い至ることができなかった自分を恥じると同時に、みゆきは最近、変わってきたと思う。

今まで、美和の変化や瞳美の成長ばかりに気をとられ、一番身近な存在であるはずの彼女の様子にはあまり注意を払っていなかった。子供たちのことが落ち着いたためか、あるいは仕事が充実しているゆえか。最近は他人のことを慮《おもんぱか》る余裕が生まれているように感じられるのだ。

相変わらず成長がないのは自分だけか――。

気づくと、ニュース画面が変わっていた。

アナウンサーが、淡々とした口調で原稿を読み上げている。

「同居する母親の腹を包丁で刺しケガをさせたとして二十代の女が逮捕された事件で、女は調理中に料理のことで口論となり刺したことが新たに分かりました。傷害の疑いで逮捕されたのは、都内に住む契約社員の女です。女は自宅で、同居する五十代の母親の腹を包丁で一回刺し、怪我をさせた疑いが持たれています。母親自ら一一九番通報し、救急搬送されましたが命に別条はありませんでした。その後の調べで、事件直前に女は調理をしていて、料理のことで母親と口論になり、思わず包丁を持った手を突き出してしまったと話していることが新たに分かりました。女には重度の聴覚障害があり、『日ごろから話が合わず、腹が立った』と容疑を認めているということです」

画面は、次のトピックスに移った。

そんな事件があったことを、荒井は知らなかった。

さほど珍しくはない傷害事件。毎日報道すべき事柄の多い現在、おそらく新聞にも載らなかったのだろう。

荒井とて、最後にアナウンサーがさらっと口にした言葉を聞き逃していれば、気にも留めなかったに違いない。

女には重度の聴覚障害があり、「日ごろから話が合わず、腹が立った」と容疑を認めている。

「重度の聴覚障害」ということは、軽・中度の難聴者ではなく、ろう者か。

日ごろから話が合わず、腹が立った。

短い言葉でまとめられてしまっているが、その女性は取り調べの際、実際にどのように表現したのか。

話が合わなかった、というのは「考えが合わなかった」「性格が合わなかった」ともとらえられるが、「お互いに相手の言っていることが理解できなかった」と解釈することもできる。たとえば、母親は聴者であるため手話を解さず、女の方は母親の音声日本語が理解できなかった場合――。

まだお絵描きに夢中の瞳美を横目に見ながら、テーブルの上のパソコンを引き寄せた。

「聴覚障害」「母親」「包丁」「逮捕」などのキーワードを入れ、検索する。しかし、該当する情報は出てこなかった。やはり記事にもなっていないのか。

みゆきに尋ねてみようか、と立ち上がり掛けて、思いとどまった。県内の事件ではないし、おそらくみゆきは知らないだろう。

それに、と再び腰を下ろす。

詳しく知ったとしても、今の自分には何もできない。

この女性の第一言語が何であるにせよ、自分の言葉できちんと自分の考えを伝えられる、そんな環境が与えられることを願うしかなかった。

旧知のＮＰＯ法人「フェロウシップ」の新藤《しんどう》から久しぶりに電話があったのは、その夜のことだった。

「ごぶさたしております」

互いに無沙汰の挨拶を交わしてから、

「荒井さんが今、手話通訳の仕事をお休みしているのは聞いたのですが」

と新藤は切り出した。

「傷害の疑いで逮捕されたろう者の女性の件で、どうしても荒井さんに通訳をお頼みしたくて……」

詳しく聞かずとも分かった。

それは、荒井がニュースで知った事件の、加害者女性のことだった。

第二章　事　　件

荒井は、ここ数年は地域の派遣通訳を引き受けることが多かったが、基本はフリーの立場であるから、直接の依頼を受けることもままあった。元警察事務職員という経歴と過去の実績から、司法通訳――裁判での法廷通訳や警察・検察などでの取り調べ通訳――という仕事も多い。

社会的弱者の救済を主な活動とするＮＰＯ法人フェロウシップも、付き合いの長い依頼主の一つだった。実はあの事件のニュースを目にした時、真っ先に頭に浮かんだのがこの団体のことだったのだ。

彼らの支援活動の対象は社会的弱者全般にわたっていたが、国内ではまだ数少ない「聴こえない弁護士」である片貝《かたがい》が顧問を務めていることから、ろう者や軽・中度の難聴者、中途失聴者が被疑者や被告人になった際、その弁護や支援を担うことが多かった。今回の件もフェロウシップが支援しているのではないか、いや、そうであればいい、と願っていたのだ。

そして予想通り新藤の依頼とは、勾留《こうりゅう》されているその女性との接見時の通訳を頼みたい、ということだった。

しかし――。

「本当に申し訳ないのですが……」

荒井は、現在の自分が置かれている状況を説明した。

「やっぱりダメですか……」

新藤は、電話口でもはっきり分かるほど落胆した声を出した。

「……すみません」

「いえ、ご事情はよく承知していますので。どうぞお気になさらずに」

「優秀な手話通訳者はほかにもたくさんいますから」

「ええ、それは分かってるんですけど。今回はいろいろ複雑な環境にあるので……」

その言葉が気になった。女性はどういう環境にあるのか。なぜ母親を刺してしまったのか。詳しく聞きたかったが、依頼を断っておきながら詮索もできない。

しかし新藤の方がその後を続けた。

「起訴は間違いないようなんですけど、今はこういう状況下なので不自由も多くて……」

「今は拘置所《こうちしょ》に？」

「いえ、警察署内の留置場《りゅうちじょう》です。どちらにしろ感染リスクが高いので心配してるんですが……」

新藤の「心配」は、よく分かった。

感染予防対策として「三密《さんみつ》を避ける」「ソーシャルディスタンスの徹底」が謳《うた》われていたが、留置場や拘置所の雑居房などは「三密」の最たるものだ。

実際、留置場に勾留されている者の感染も確認され始めていた。各警察署とも「一人一部屋」にするよう努めてはいるようだが、収容能力には限界がある。

「今、面会できるのは片貝さんだけですか」

「ええ。でも起訴後も、弁護人以外の面会が許可されなくなってしまって」

それについても、報道などで知ってはいた。感染のリスクを負うものは、被疑者や取調官《とりしらべかん》だけではない。

大阪の拘置所では、複数の刑務官の感染が判明していた。集団で生活する施設においては、一人でも感染者が出れば拡大のリスクは高くなる。

対策として、国はまず拘置所や刑務所に収容されている被疑者や被告人が面会できる相手を、緊急事態宣言中は原則として弁護人だけに限ることに決めたのだ。

しかし本来、感染予防を目的とした面会制限は規定されていない。制限できるのは、裁判所が接見を禁じた場合などに限られている。そうではないのに家族や友人に会えなくなることに、弁護士たちからは疑問の声も上がっていた。

新藤が続ける。

「起訴されたとしても、裁判の日程がどうなるか皆目見当がつかないんです」

そう、裁判にも大きな影響があった。

二月の段階で最高裁は、至急でない裁判の期日《きじつ》を柔軟に変更することなどを全国の裁判所に通知した。

さらに感染が拡大した三月に入ると、裁判員裁判は軒並み取り消され、裁判官だけで審理する裁判についても、審理の必要性が高い公判以外はほぼ延期される、という事態になった。

「うちが担当しているほかの案件についても、民事はほとんどの期日が取り消されてしまって」

新藤が言った。

「中には、当事者間でせっかく和解の合意ができたのに裁判期日が取り消されたのもあったりして……。刑事裁判にしてもいまだに次回期日が指定されなくて、再開の目途は全く立っていない状況なんです」

「そうなんですか……」

大変ですね、などとおためごかしの言葉は口にできなかった。

荒井が黙ってしまったからだろう、新藤が慌てたように、

「すみません、荒井さんに愚痴を言ってしまって」

と詫びた。

「いえ……お役に立てなくて本当にすみません」

「こちらこそ無理なお願いをしてしまってすみませんでした。どうぞお気になさらずに」

「皆さんによろしくお伝えください」

荒井は、そう告げて、電話を切った。

モヤモヤする思いは残ったが、件《くだん》の女性の支援・弁護をフェロウシップが引き受けたことについては安堵《あんど》があった。

片貝や新藤がついていれば大丈夫。その女性が犯罪の動機や経緯について、取り調べや裁判の場であますことなく述べることができるよう、最大限の努力をしてくれるはずだ。

そう考えた時、その「最大限の努力」の一つとして、自分への手話通訳の依頼が含まれていたのだ、と思い当たった。

いや、それも思い上がりかもしれない。自分でも口にしたように、自分などより優秀な手話通訳者は山ほどいる。

それに、片貝や新藤だけでなく、瑠美《るみ》もついている。自分と同じく、コーダである彼女が。

フェロウシップの代表者である手塚《てづか》瑠美もまた、「聴こえない親から生まれた聴こえる子」な

のだった。

みゆきには、事件のこともフェロウシップからの依頼のことも話さなかった。言えば、荒井がその仕事を受けられないのは自分のせい、と思ってしまうだろう。

もちろん、みゆきのせいなどではない。学校や園のせいでもなかった。今は仕方がないのだ。彼女には、自分のことは気にしないで仕事に専念してほしかった。

月曜の朝。朝食を済ませ、身支度《みじたく》を整えたみゆきを玄関まで見送った。瞳美はもちろん、最近は美和も「ついで」のような顔をして一緒に見送るようになっている。

〈行ってきます〉

〈行ってらっしゃ〜い〉

〈気を付けて〉

三人の家族に手を振って、みゆきは仕事に出かけて行った。

これまで、朝はバラバラだった。

みゆきは早起きして瞳美の弁当をつくり、少し遅れて起きた荒井が家族全員分の朝食の用意をする。美和が起きてくる前にみゆきが瞳美に朝食を食べさせ（同時に自分も慌ただしく済ませ）、起きてきた美和と一緒に荒井が朝食をとり始めた頃には、みゆきが瞳美を園まで送りがてら出勤、というのが普通だった。

帰りも同様で、微妙にすれ違っていた。夕方、荒井が瞳美を迎えに行き、帰ってきて夕飯の支度をしている頃に美和が学校から帰って来る。早ければ夕飯の準備ができた辺りでみゆきが帰宅することもあったが、担当している事件の性質によってはそうもいかない。夕食は荒井、美和、瞳美の三人で済ませ、遅くに帰ってきたみゆきの晩御飯に荒井が晩酌で付き合う、というパターンが一番多かった。

コロナ禍《か》になって荒井家にとって一番良かったのは、少なくとも朝は「食卓に家族が揃う」ことだった。

弁当の準備も瞳美の送りもないから、今までよりはかなり遅めの起床で間に合い、学校がなくなって早起きする必要がなくなった美和も、何とか朝食の時間には起きてテーブルについていた。ゴキゲンなのは瞳美だ。コロナなどという事情は分からぬから、最初は大好きな〈えん〉に行けなくなってだだをこねていたが、毎朝、両親や姉と一緒に〈あさごはん〉を食べられるようになって、すっかり機嫌がよくなった。朝からハイテンションで、手と顔（時には全身）を動かしまくっている。

家族みなに見送られるみゆきの方も、今まで以上に出勤していく背中に「張り合い」が感じられた。

しかし荒井は――たぶん一緒に見送るようになった美和も――〈気を付けて〉という手話《ことば》の裏に、今まで以上の思いを込めていた。

生活維持に欠かせないエッセンシャルワーカーの中でも、警察官は、医療従事者についで感染リスクの高い仕事なのではと荒井は思っていた。

被疑者の取り調べは、文字通り密室で行われる。対面であるのはもちろん、相手との距離は「ソーシャルディスタンス」の目安となる二メートルより近くなる。「身柄の確保」の最中に身体の接触を避けるわけにはいかない。酔っ払いの保護やケンカの仲裁などでも「濃厚接触」を余儀なくされる。最近では、飲酒運転の取り締まりの際に口元に顔を近づけて酒の臭いを確認するのはやめてアルコール感知器の使用を徹底しているようだが、それで安心というものでもない。

つい先日、恐喝容疑を裏付けるために新宿歌舞伎町《しんじゅくかぶきちょう》の飲食店に家宅捜索に入った警察官が防護服を身にまとっている映像が流れて、世間は「大げさ」と皮肉ったりしたが、それも新しくできたガイドラインに沿ったものと聞いていた。

他にも、署などの施設や車両を消毒したり、市民と接する窓口や執務室内に仕切りの透明シートを設置したりと、感染防止策に万全を期してはいるらしい。

在宅勤務や交替制勤務も導入されてはいるが、内勤の部署に比べ、事件や事故の対応を担う一線の職場では、実施が難しいのが現実だ。

実際、警察官の感染もすでに確認されている。

最初の感染者が出たのは、三月の初め頃だった。その後、各地で増え続け、今では百人に近づいている。

職務中や寮などでの感染が多かったが、剣道の訓練で警察官に感染が広がったところもあり、柔剣道や逮捕術の訓練を中止した県警もあるという。

みゆきとて、いつ感染するか分からないのだ。

それでも、仕事に出ないわけにはいかない。責任ある立場を任されているとあればなおさらだ。そんな彼女に、これ以上余計な気遣《きづか》いはさせたくなかった。

食事の後片付けをし、洗濯を済ませた。

洗濯物を干し終わって、リビングに戻る。荒井の代わりに瞳美の相手をしてくれていた美和に、背後から声を掛けた。

「悪かったな、勉強あるだろ」

しかし美和は立ち上がらず、「この前言ってた番組、そろそろ始まるんじゃない？」と返してきた。

「番組？」

と首を傾げてから思い出した。

「ああ、そうか、今日か」

〈なーに？〉

二人が何か話しているのに気づき、瞳美が問いかけてくる。

〈テレビの話〉

美和が手話で答える。

〈テレビ？〉

「コロナ禍で子供たちは、今」というテーマでワイドショウがコーナーを設け、その一環でろう児たちも取材を受けたらしく、今日の午前中に放映されると知り合いの手話通訳者から聞いていたのだ。美和に言われるまで忘れていた。

〈聴こえないお兄さんお姉さんたちがテレビに出るんだ、観るか？〉

〈みる！〉

言うなり、テレビの前に飛んでいく。

瞳美のお相手から解放され自室に戻るかと思っていた美和も、そのままリビングに残っていた。

テレビをつけて、件のワイドショウにチャンネルを合わせた。

番組はすでに始まっていた。有名芸能人がコロナに感染したという話題で盛り上がって――というのもおかしな表現だが、スタジオは明らかにそういう雰囲気だった――いた。

目当てのコーナーは過ぎてしまったかと焦ったが、その話題が終わったところで、ＭＣを務めるアナウンサーが、「さて続いては、『コロナ禍で子供たちは、今』です」と生真面目な顔をつくった。

「三月初めの臨時休校に始まり、その後の緊急事態宣言によって学校再開の目途がつかない中、子供たちも大人たち同様に、いえそれ以上に辛い思いを抱えています。本来は心に残るはずの卒業式や入学式ができなかった。また、休み中も外出の自粛で、友達とも遊べず、部活などの運動もできないと……」

そんな導入により、小学生や中学生たちの現在の姿がいくつか紹介されていく。

インタビューを受けた子供たちは、まずは一様に、

「友達と会えなくってつまんない」

「いつから学校に行けるのか分かんなくてどうしたらいいかわかんない」

といった不安や不満を口にしていた。中には、

「勉強嫌いだから休みになってラッキー」

と笑っている子もいたが、その後に続いた親たちの、「一日のリズムが崩れて生活が乱れてしまって……ゲームばかりやって困ります」

「運動をしなくなって体重が三キロも増えてしまいました」

「友達に会えなくなって元気がなくなり、口数も少なくなってしまって……」

という声を聞けば、想像以上に深刻であることが分かる。

親たちは同時に、子供たちの世話で自分たちの時間が奪われ、仕事に出られない、という悩みも抱えているのだ。

場面が変わった。

「障害を持った子供たちは、健康な子供たち以上に悩みを抱えているようです」

女性レポーターが、とある家庭を訪問する。三十代くらいの母親と小学校低学年の男の子が迎えた。男の子は一見元気にはしゃぎまわっているが、母親が「ちょっと静かにしようね」と声を掛けてもセーブが効かない様子だった。

マイクを向けられた母親は、

「最近はいつもこんな調子で……一日暴れては疲れて寝る、ということの繰り返しなんです。小学校に上がって、学校以外に療育支援も受けられるようになって、最近は少し落ち着いてきたところだったんですが……今はすっかり保育園の頃の様子に戻ってしまって」

と疲れた表情で答えていた。

レポーターが画面に向かって言う。

「学校はもちろん、放課後デイサービスや療育機関などにも通えなくなり、家で親とだけ過ごす日々は、お子さんにも親御さんにも相当なストレスを与えているようです」

場面が再び変わり、学校の校庭で遊んでいる子供たちの姿が映し出される。

「こちらのろう学校では、学校閉鎖以来、初めての校庭開放の日となりました。学年で時間を区切って利用しているということで、密にならないよう気を付けながら、子供たちが元気に遊んでいます」

楽しそうに遊んでいる子供たちは、全員マスクを着用している。

「最近、マスクをしていると耳の聴こえない人たちは口の動きが読めずに困る、ということが話題になりました。実際に子供たちはどんな思いをしているのでしょう」

レポーターのインタビューに、ろう児たちが手話で答える。字幕がついていた。

〈前から何話してるか分かんないからあんまり関係ない〉

〈最初から紙に書いてもらうようにしてる〉

レポーターがカメラに向かって、少し戸惑ったような顔で、

「不自由な中で、子供たちもいろいろ工夫しているようですね」

といってコーナーを締めた。

背後で美和が、笑い声を上げた。

美和が笑っているのに気づいた瞳美が、〈おねえちゃん、なんでわらってるの〉と尋ねる。

美和はまだ笑いが残る顔で答えた。

〈あのね、あの女の人は、「みんなマスクして困ってる」って答えてもらいたかったの。だけど思ったのと違う答えが返ってきたんで、ちょっと困ってるのよ。それがおかしかったの〉

瞳美は、何のことか分からないようでまだ首を傾げている。

荒井には、美和の言わんとしていることが理解できた。つられて苦笑してしまったが、実は笑い事ではないのだ。

マスクがあってもなくても、あの子たちが聴こえないことには変わりはない。「人々の会話の内容が分からない」のは同じなのだ。

テレビで手話通訳者が注目されたことで、「聴こえない人たちには口や顔の動きも重要」だということが広まったのはいいことだった。

口の動きを読むことで、僅かに残る聴覚と併せて音声日本語を理解することができる「聴覚障害者」は、確かに多い。しかしそれは、元々彼らに備わっている特技なわけではなく、もちろん

読唇術などと称されるものでもない。

ろう学校で、聴覚口話《こうわ》法という教育方法により厳しく教え込まれ、訓練を積むことによって初めて可能になったものなのだ。

しかもそれは、中途失聴などで元々「音の記憶」がある者や、補聴器や人工内耳などによって少しは音声での補助が得られる者に限られる。

いくら学校で何年も訓練を積んだとしても、元々聴こえない「ろう者」たちが、「読話だけ」で会話のすべてを理解できることはない。逆に、ろう者同士の日本手話で行われる会話では、眉の上げ下げ、目の見開きといった口の形以外のＮＭＭ《エヌエムエム》（非手指標識《ひしゅしひょうしき》）でも多くが伝わるから、「マスクをして会話することの弊害」は比較的少ないのだ。

だからと言って、「困っていない」わけではない。インタビューにろう児たちが答えていたように、元々、口話でのコミュニケーションには限界があるため、あらかじめ手話通訳を頼んだり、相手に筆談を頼む、などしてその場をしのいできた。それは、コロナ禍の前も今も変わらないのだった。

「それにしてもさっきのは他人事《ひとごと》じゃないよねー」

美和が顔をしかめながら立ち上がる。

「あたしも二キロは太ったからね、ちょっとは運動しないと」

〈なーに？〉

と顔を向けてきた瞳美に、美和は同じことを手話で伝えた。瞳美が笑って言う。

〈おねえちゃん、デブになったの〉

〈なに、デブだと～、許さん！〉

ふざけて追いかけるのを、瞳美がはしゃぎながら逃げる。

笑いながら追いかける美和の姿を、荒井は目で追った。

冗談めかしてはいたが、今の状況に苛立ちを覚えていることは間違いないのだろう。インタビューに答えていた子供のように「ゲームばかりやって」いるわけではないだろうが、美和も、以前にも増してスマホを手にしていることが増えていた。

それ自体は、しかたないことだと荒井も思う。

学校に行けなくなり、クラスメイトたちと会う機会を奪われた彼女たちが仲間と接することができるのは、ＬＩＮＥ《ライン》をはじめとしたオンラインツールしかないのだ。

それまで最大の情報源だった友人たちとの語らいがなくなれば、他に情報を得る手段としては今の彼女たちには、テレビよりネットだ。

ＬＩＮＥだけでなく、荒井は名称だけしか知らない「Instagram《インスタグラム》」や「YouTube《ユーチューブ》」「TikTok《ティックトック》」といったオンラインツールを使用している時間は、以前に比べ圧倒的に増えているに違いない。何より、先行きの見えない不安が彼女たちを束の間救ってくれるのがそういったツールでもあるのだろう。

「卒業式がなくなるとか総体が中止になるとか、考えてみたこともなかった」

自粛生活が始まった頃、美和がそう呟いていたのを思い出す。その表情に、「怖れ」が混じっているのを荒井は見てとった。

コロナに感染することへの怖さももちろんあるのだろう。しかしそれ以上に、今まで「当たり前」だと思っていたこと、それまでの「常識」が覆っていくことへの恐怖を、彼女は感じていたに違いない。

それは、荒井とて同じだった。おそらくみゆきも。

学校や職場だけでなく、あらゆる場所で「ソーシャルディスタンス」が謳われ、病院や高齢者施設などでは面会も規制されていた。

休業要請の対象となった職種だけでなく、人の集まる場は「自主的な中止」を余儀なくされている。結婚式は軒並み延期されるか規模を縮小して行われているようだった。葬儀は限りなく少人数で営まれ、コロナが死因となった人の場合は親族すら「顔を見ることもできない」状況に追い込まれている。

ウイルスは、「人と人とのつながり」さえも奪っていくようだった。

だから美和たちは、オンラインツールにしがみつく。唯一それが、「つながり」を保つものだと信じて。

「あ、そろそろ授業が始まる時間」

瞳美とのじゃれ合いを切り上げ、美和が言った。

〈まだあそびたい！〉

美和にしがみつこうとする瞳美を、荒井は抱き寄せた。

〈お姉ちゃんのお勉強の邪魔していいんだっけ？〉

顔のそばで手を動かすと、瞳美は困ったような顔になったが、

〈おべんきょうのじゃまは、だめ〉

と答えた。

〈そうだね、瞳美もこっちでお父さんとお勉強しようね〉

荒井の言葉に、瞳美は素直に肯いた。

〈おねえちゃん、またあとであそんでね！〉

美和は肯くと、手を振ってリビングから出て行った。

公立中学校で「同時双方向型のオンライン指導を通じた家庭学習」を実施しているところは少ない。美和の場合は、塾の方が学校に先んじてオンラインの授業を開始した。その時間が、彼女の生活のリズムをつくってくれている。

学校から出された課題の他に塾のオンライン授業を受けるのはかなり大変だと思うが、今のところさぼらず授業を受けている。自分から言い出したのだから当たり前とも言えるが、彼女がここまで「勉強を頑張る」のには、理由があった。

「美和、開栄《かいえい》高校に行きたいんだって」

みゆきからそう聞いたのは、まだコロナの脅威を今ほど深刻に受け止めてなかった一月中旬。高校進学についての三者面談に、みゆきが参加して帰ってきた夕方のことだった。

「え、開栄に？」

思わず訊き返してしまったのも無理はない。

美和は、自宅から一番近い県立の高校を受験するのだと思い込んでいたのだ。そこだったらおそらく落ちることはないと以前から担任に言われていたし、美和が異を唱えたとも聞いていなかった。

「そうなのよ、ビックリでしょ」

みゆきも困惑顔だった。

さいたま市にある男女共学の中高一貫校である開栄高校は、医学部専攻のコースも持つ、県内でも一、二位を争う高偏差値の学校だった。私立であるから当然学費も高い。普段から親に負担をかけていないかを気にする美和のことを考えれば、「意外」を通り越して「驚き」の選択だった。

「それはまたどういう理由で?」

荒井の言葉に、「どうもね」とみゆきが声を低くした。

「英知くんが開栄を志望しているらしいの」

「……そういうことか」

それを聞いて合点《がてん》がいった。

小学生の時に転校してしまった幼馴染《おさななじみ》の漆原《うるしばら》英知とは、中学も別になった。交友は続いているとはいえ、同じ高校に通いたいという気持ちは理解できた。

「美和に聞いたところによると、英知くんは合格圏らしいのよ。でも美和の方はね、今の成績だと開栄なんて全然無理なのよ。先生に笑われちゃったわよ。当落線上どころじゃない、遙かかなただって」

「うーん」

思わず、唸《うな》り声が出てしまう。

もちろん、実力より上の学校を狙うのは悪いことではなかったが……。

「やる気を出してくれたのは嬉しいけど、動機がね」

荒井が考えていたのと同じことをみゆきが口にした。

「好きな男の子と同じ学校に行きたい、という理由だけで志望校を決めていいのかしらねえ」

荒井は、みゆきが当たり前のように口にした言葉にドキッとした。

好きな男の子——。

そうなのだろうか？　ほぼＬＩＮＥだけの交流で、実際に会うことはコロナ禍以前もなかったようだが……。二人はお互いに「友達以上の好意」を寄せあっているのだろうか。

荒井の脳裏に、英知の家で、トランプをしていた二人の姿が蘇った。

瞳美が生まれる何年も前のことだ。みゆきと美和との三人で英知の家を訪れた時だから、美和も英知も小学校二年生ぐらいだったか。

英知はトランプの「神経衰弱」が得意で、大人でも勝てなかった。それをくやしがり、何度も挑戦しては跳ね返され、負けたのに嬉しそうに笑っていた美和。

あの二人が、もう高校受験か――。

荒井は、英知の母である真紀子《まきこ》の苦労に思いを馳《は》せた。

英知には、生まれつきの特性である「自閉症スペクトラム（ＡＳＤ《エーエスディー》）」と呼ばれる障害があった。人によって症状の出方はさまざまだが、彼の場合は、コミュニケーションの取り方が他の子たちと少し違うのと、興味や関心を持つことが限られていること、聴覚過敏や接触過敏、といった特性があった。

それともう一つ、ＡＳＤとの関連ははっきりしないが、場面緘黙症《ばめんかんもくしょう》――言葉を話したり理解する能力は正常なのに、人前で話したりすることができない症状も。

全然話すことができない「全緘黙」と違い、英知は家の中や家族とだったら話せるのに学校とかだと声を出すこともできなくなってしまう「場面緘黙」だった。そのために、「話せないというのは嘘なんじゃないか」とか「頑張れば話せるでしょう」と誤解されることもあって、母子ともに苦しんでいたのだ。

そんな英知に、真紀子から乞《こ》われて荒井は手話を教えた。

今の英知に場面緘黙の症状がなくなっているのは、去年再会した時に知っていた。友達と「声」で談笑していた英知は、しかし荒井に対しては昔と変わらず手話で接してきた。

彼は今でも手話を話すのだろうか――。

「多少無理してでも私立に行かせたい、っていう真紀子さんの気持ちは分かるのよね」

みゆきの言葉で我に返った。

「特待生になれば学費の一部は免除になるらしいし、国や県からの補助も今はあるから」

彼女が言うのに、荒井も肯いた。

「そうだな、公立だと生徒の特性に細かく対応はできないだろうからな」

「それもあるし、受験するにしても内申が大きいでしょ」

「ああ、そういうことか」

高校受験の際、特に公立では、学科試験の点数だけでなく内申点も重視される。英知は、ASDの中でも知的障害がなく、むしろIQは高いタイプだったが、得意な科目には偏りがある。加えて、授業の進め方に馴染めないことで不真面目だと誤解されて内申点が低くなる可能性もあった。そのため、内申点が合否判定に大きく影響しない私立の方が、偏差値自体は高くても合格しやすい、と考えたのだろう。

「開栄って個別指導にも対応してくれるし、eラーニングっていうの？　インターネットを利用した家庭学習なんかも取り入れてるらしくて、そういうところが英知くんには合ってるってことなんじゃないかしら」

「なるほど」

確かにそういう学校だったら英知の適性には合いそうだ。

だが、美和の場合は？

「でも、うちの場合はそういうことはないでしょ。公立で全然問題ないと思ってたし……」

「……そうだな」

みゆきの言うことに肯きはしたが、それでも荒井は美和を――二人のことを応援してあげたい気持ちの方が強かった。

「でも何にしろ」荒井は、みゆきに向かって言った。

「美和がやる気になってるんだったら受けさせてやりたいな」

「受けるのはもちろん自由よ。当然公立も受けてもらうけど」

みゆきは、あっさりとそう答えた。

「かなり頑張らないと無理そうだけどね。それと、万が一受かったりしたら、学費の方が大変よ。あの子が特待生に選ばれることはまずないと思うから」

「そうだな……」

漆原家の家計のことを心配している場合ではない。うちの場合は、すでに瞳美が私立に通っているのだ。おそらくこのまま小学部・中学部とあがっていくことになるだろう。二人して私立、というのは確かに厳しかった。

「だからってあの子だけお金がないから私立はダメっていうわけにはいかないしね」

「コロナが終息したら、俺の方も仕事はできるし、二人で働けば何とかなるだろう」

「……まあそうなったらまたその時に考えましょう」

みゆきは、そう言って席を立った。

第三章　再　会

五月も後半になって、緊急事態宣言が解除された。

それに伴い六月一日から学校も始まることになったが、分散登校や時差通学など、通常の授業とは程遠い形態での再開だった。

美和の学校でも、クラスを名簿順に半数に分け、午前登校のグループと午後登校のグループ、それぞれ三時間の授業のみで給食もなし、というところから始まった。

何はともあれ、学校が再開してくれて子供以上に喜んだのは親、という家庭は多かったに違いない。集団生活が始まることによる感染の心配はあるものの、ようやく子供たちの世話から解放されると安堵《あんど》したことだろう。

荒井もまた、同じだった。

元々手の掛からない美和はともかく、瞳美が通う恵清学園も同時期に授業開始となったのはありがたかった。中学同様、短縮授業での段階的な再開ではあったが、ある程度自由に使える時間ができれば、手話通訳の仕事も入れられる。

荒井は早速、登録していた県のセンターにその旨連絡を入れた。

「分かりました。最近は利用者も外出が減っているので通訳依頼も少なくはなっているんですけど」

　県の担当者はそう言ってから、「ちなみに」と尋ねてきた。

「荒井さんはオンライン通訳には対応できますか？」

　一瞬、返答に詰まった。

　コロナ禍《か》になって「オンライン手話通訳」が増えている、という話は聞いてはいた。

　スマートフォンやパソコン、タブレット端末を使った「遠隔手話通訳サービス」というものは、実は今までも存在していた。市区町村の役所窓口などに置いてあるタブレットを利用したり、あるいは自分のスマートフォンやパソコンのテレビ電話機能を利用したりして、別の場所（コールセンターやサポートセンターなど）にいる手話通訳者を介して相手と会話をするという形態だ。

　そもそも電話を使えない「聴こえない者」たちは、ファックスやメールはもちろん、「手話で会話のできる」テレビ電話を以前から利用していた。高齢のろう者の中にはまだ使いこなせない者も多いが、少なくとも「聴こえる者」たちよりは、オンラインによる会話に慣れているのだ。

　コロナ禍になって、この遠隔手話通訳サービスを、「オンライン手話通訳」として通常の派遣通訳事業の一つとして導入する自治体が増えた。

　タブレット端末を無料で貸し出す自治体も多く、利用者は外出先でもタブレットの画面を通して通訳サービスを受けられる。これなら、リスクのある医療通訳などの際にもオンラインで行えるため、通訳者に感染の心配はない。利用者・通訳者双方にとってメリットのあるサービスだった。

　さらにこのサービスは、今まではサポートセンターなどに常駐が必須だったのと違い、ケースによっては通訳者の方は在宅のまま通訳が可能、という利点があった。つまり、家から出られない荒井でもある程度の時間さえ確保できれば可能なわけだ。

問題は、IT《アイティ》に疎《うと》い荒井自身にあった。

何しろ、令和の世にあっていまだガラケー使いなのだ。調べものなどでパソコンやインターネットは利用してはいるものの、ビデオチャットやテレビ会議などの経験は皆無《かいむ》だった。

内心冷や汗をかきながらも、県の担当者には「対応できるようにします」と答えて電話を切った。

みゆきもスマホやLINEを使ってはいるが、知識に関しては荒井と似たようなものだ。頼みの綱は、美和しかいない。

瞳美のお昼寝タイムに、おそるおそる美和に教えを乞《こ》いに行くと、

「LINEのビデオ通話でいいの？　Zoom《ズーム》とか使うの？」

美和はこともなげに答えた。

「よく分かんないんだけど……いろいろ対応しておかないといけないみたいなんだ」

「じゃ、両方ね。スマホに乗り替えなくてもタブレットでできるから。使ってないやつあったでしょ」

ずいぶん前に購入はしたもののほとんど使っていなかったタブレットを引っ張り出し、設定を頼んだ。

しばらく画面を操作していた美和が、「できた」とこちらに差し出してくる。

「とりあえずLINEとZoomをインストールしといたから。こっちがLINEアプリね。タップすれば開くから」

「……で、どうやって使うんだ」

「まずは新規登録して、それから友達登録して、その中から話したい相手を選んでトーク画面にすればいいの」

「友達登録って……」

「そこから？」美和が呆れた表情を浮かべる。「ほら、もう何人も友達追加してきてるから、その中で知り合いだって分かる人がいたら、そこの『追加』ってボタン押せばいいのよ」

表示された画面には、知人と思われる相手の名が何人も出ていた。

「おい、なんだこれ」思わず声をあげてしまう。「登録もしてないのに、なんで――」

「携帯番号で友達追加や検索できる設定にしたから。その方が便利でしょ？　ビデオ通話したい時はそのボタンね」

言われていることの半分も意味が分からない。

「ええと、カメラはどうやってセットすればいいんだ」

ついに美和が吹き出した。

「スマホとおんなじで、最初からついてるから」

笑いながら言う。

「上にある、その丸いのがカメラ。お母さんとテストしてみたら。後は自分でやってみて」

そう突き放されてしまった。

仕方がない。やってみるかと改めて画面に向き合う。

「ともだちかも？」と表示されたリストをスクロールしていく。知人の名が何人も表示されていた。

それにしても便利なものだ、と感嘆する。美和の言う通りだ。これほどみながＬＩＮＥをやっているとは知らなかった。やっていなかったのは自分だけか。

そう思った時、表示される中に「何森《いずもり》」の名がないのに気づいた。

やはりあの御仁《ごじん》はいまだガラケーのままか。

そう思って笑みが浮かぶ。

もう一度画面に目を戻し、「みゆき」の名を探した。

あった。アイコンは瞳美の赤ん坊の頃の写真だ。「友達追加」のボタンを押し、トーク画面にして、人差し指で一文字ずつ打った。

【LINE始めた。つながってる?】

しばらくして「既読」がついた。おお、と再び感嘆する。

待っていると、【つながってるけど】とみゆきから返事がきた。

【名前、アラチャンになってるよ。変えた方がいいんじゃない?】

思わず、美和が勉強している部屋の方に目をやった。

何とか自力で変更してみるしかなかった。


ビデオ通話を含めLINEを使いこなせるようになり、Zoomでのオンラインミーティングも経験した。短時間の依頼限定ではあるが、派遣通訳も少しずつ引き受けるようになった。

LINEを始めて良かったのは、多くの友人・知人たちと繋がったことだった。

フェロウシップの瑠美や新藤、片貝らをはじめ、司が世話になっている深見慎也。他にも、ろう者で障害者リハビリテーションセンター手話通訳学科の専任教官でもある冴島素子《さえじまもとこ》や、東京都手話通訳士派遣センターの田淵《たぶち》など、かなり無沙汰をしている相手とも「友達」として登録し合うことができた。

　もちろんみな以前からメールアドレスや携帯番号は知っているが、特別な用件でもなければ連絡をとることはない。それに比べると、ＬＩＮＥでの連絡はぐっとハードルが下がるのだ。

　以前はよく派遣通訳を頼んできたろう者の益岡《ますおか》からも、「友達追加」するとすぐにメッセージがきた。

【ようやくライン始めたんだな。おめでとう】

　知り合った頃でも七十歳を過ぎていたから、もう八十過ぎだろう。そんな年齢の相手からも時代遅れを皮肉られてしまったことに苦笑しながら、

【いろいろ教えてください、先輩】

　と返事をする。

　既読がついたのを確かめ、改めてメッセージを入れた。

【お体は大丈夫ですか。ご不自由はありませんか】

　以前は理髪店を営んでいた益岡は、ずいぶん前に妻に先立たれてから仕事からも引退し、今は一人暮らしのはずだった。子供はいない。

　一度訪れたことのある益岡の部屋のことを思い出す。

　かなり老朽化した区営住宅だったが、南側に小さなベランダがあり、それに面した日の当たる一角で、荒井は彼から髪を切ってもらったのだった。

【今は施設にいるよ。なんでもしてもらえるから楽だ】

　返ってきた言葉に、ハッとした。

【手話ができる職員がいないのが不便だけどな】

何と返事をしていいか、困った。

会いに行きます。そう言えれば一番いいが、今はどの施設も面会制限がある。会うことは叶わないだろう。身内に会えないことで認知症が進んだケースもある、というニュースを目にしたこともあった。

そもそも子供のいない益岡に、面会人はいたのだろうか。

益岡に子供がいない理由を、荒井は知っていた。

何度も手話通訳をするうちに親しくなり、やがて仕事を離れてプライベートな話をする仲にもなった。そんな中で、互いの家庭の話もしたのだった。

――女房もろう者だったんだけど、親は聴者《ちょうしゃ》でな。

益岡の手話が蘇る。

子供の頃に慣れ親しんだものと同じ、懐かしさを覚える動きだった。

だがその内容は辛いものだった。

――その親が、結婚前に勝手に処置しちまって。

――俺たちの若い頃には結構あったことだったんだ。

――「盲腸の検査」とかいって結婚前に不妊手術を受けさせたりすることは。

――あの頃はまだ、「ろうは遺伝する」って思われてたからな。

旧優生保護法――。

一九九六年に母体保護法として改正されるまでは、その中に、

「優生上の見地から不良な子孫の出生を防止するとともに、母性の生命健康を保護することを目的とする」

という条文があった。

つまり、遺伝性の障害をもつ者に、本人の同意がなくとも中絶や不妊手術をさせることができたのだ。

益岡の妻も、その手術をされた。

彼の妻だけではない。

旧優生保護法下で行われた強制不妊手術に関しては、昨年の四月に「旧優生保護法に基づく優生手術等を受けた者に対する一時金の支給等に関する法律（略称「旧優生保護法一時金支給法」）が成立したこともあり、社会的な関心を寄せられるようになっていた。全日本ろうあ連盟でもその前年から実態調査を開始し、順次公表している。

その結果、回答があっただけでも今年三月三十一日時点で百六十八名もの被害者がいたことが分かった。内訳は女性百二十三人、男性四十五人。中絶後にさらに不妊手術を受けるなど複数の手術をされた被害者もおり、件数は百九十三件にものぼっていた。

当時の法に基づく手術だったか、本人の同意があったかを確認できる記録が残っている例は少なかった。その被害者数には含められていないが、障害を理由に結婚や出産を反対されたり、産んだ子供を養子に出されたりした例も多数あったという。

「一時金支給法」ができてから現在までに千件近い請求がなされ、その半数以上が認定されているというが、一方で、被害者の数は約二万五千人とも言われており、その全員が救済されたものでは決してない。

何より国が旧優生保護法の違憲性を認めるべきとして、全国で国家賠償を求める裁判が提起されていた。

その一つの裁判の結果を、最近新聞で見たばかりだった。

旧優生保護法の強制不妊、賠償の訴え退ける　東京地裁

旧優生保護法に基づき不妊手術を強制されたとして、東京都内の70代の男性が国に3000万円の損害賠償を求めた訴訟の判決が30日、東京地裁であった。加藤正芳裁判長は「旧優生保護法に基づく強制的な不妊手術は憲法13条が保護する私生活上の自由を侵害する」との判断を示した。ただ、手術から20年以上が経過し賠償請求権が消滅しているなどとして、原告の請求は棄却した。男性側は控訴する方針。

全国の八つの地裁で、原告計二十四名が争っている訴訟の一つで、昨年五月の仙台地裁の判決では、同法を違憲としたものの国の責任は認めず、賠償請求は棄却された。それに続いての同様の判決だった。

判決後、記者会見した男性は「こんなにつらい思いをさせられるとは思っていなかった。不当な裁判だ」と話し、厚生労働省は「国の主張が認められたと認識している」とのコメントを出していた。

まだ結果の出ていない残りの裁判のうち、いくつかで「聴覚障害者」が原告になっていた。長い間、沈黙を強いられてきた「聴こえない者」たちが、声を上げだしたのだった。

県のセンターから、派遣通訳の依頼が来たのは、翌日のことだった。

「往復入れて四時間程度で済むと思うんですが、難しいですか？　他にその日都合が合う人が今のところ見つからなくて、受けてもらえると助かるんですが……」

正式な依頼の前に、荒井の事情を知る担当者が時間的に可能かどうかを打診してきたのだった。

瞳美の通う学園は少しずつ授業時間を延ばしており、現在は九時半登園の十三時半降園という時間割になっている。正味四時間。以前であれば少しぐらいは遅れても預かってくれていたが、今の状況ではどうか。

その場では断らなかったものの、引き受けるのは難しいと感じていた。しかし他にできる者がいないとしたら、利用者も困るに違いない……。

浮かぬ顔の荒井を見て、帰宅したみゆきが「どうかした?」と声を掛けてきた。

話せば気にするだろうとは思ったが、変に隠し事をしても余計心配をかけるだろう。正直に事情を話した。

「園に一時間だけでも延長を頼んでみて、ダメだったら断ろうと思う」

「そう……」

やはり思案顔になったみゆきだったが、しばらくして「そうだ」と顔を上げた。

「迎えだけ、お母さんに頼もうか」

「お義母《かあ》さんに?」

意外な言葉に、思わず問い返してしまう。

今まで園子に、瞳美を預けたことはなかった。他の家族と一緒であればともかく、「言葉の通じない者同士」では双方が困ってしまうからだ。瞳美はまだ筆談も無理だ。

荒井の懸念を察したか、みゆきがすぐに続けた。

「遅れるっていったって一時間もかからないでしょう?　ギリギリ間に合うかもしれないし」

「それはそうだけど……」

「迎えに行って、家まで送ってもらって、あと二、三十分あなたの帰りを待つだけだったらお母さんでも何とかなるんじゃないかな。訊いてみるわよ」

「いや、でも……」

「頼られたらお母さんも嬉しいわよ、きっと。とりあえず訊いてみるからそっちの返事はそれまで待って」

「……分かった」

まださほど遅い時間でもないこともあり、みゆきはその場で園子に電話をした。彼女とは昨年の瞳美の誕生会で会って以来だ。コロナ禍で年配者との行き来は控えていた。そういう事情もあり、おそらく無理だろうと思っていたが。

事情を話し終えたみゆきが「そう？　大丈夫？」と弾んだ声を出した。

「じゃあ、お願いするね。場所は分かるわよね、行ったことあるものね」

電話を切ったみゆきは、「ＯＫだって」と明るい顔を向けてきた。

「この前みたいに絵本で遊んで待ってるって。喜んでた」

「そうか……じゃあお願いするか」

少し不安もあったが、「喜んでいる」というみゆきの言葉を真に受けることにして、県のセンターには「依頼をお受けします」という返事をした。

翌日、正式な依頼書が届いた。それを見て荒井は、おや、と思った。

「親族との相続についての話し合い」という内容が珍しいこともあったが、依頼者の名と居住地に覚えがあったのだ。

荒井は、その日がくるのが楽しみになった。

ームは知らなかったが、そうある苗字でもない。この依頼者は、あの人ではないのか。

七年前、ある件について調べるために飯能の病院を訪れた時に出会ったろう者だった。フルネ

益岡同様、懐かしさを覚える昔ながらの手話でそう言って笑った老女。

――よろしく伝えてくれ。長澤のばばあは今でも元気に病院に通っておるとな。

もしかしたら、と浮かぶ顔があった。

飯能市　長澤《ながさわ》トキ子

「長澤トキ子」とは、私鉄の東飯能《ひがしはんのう》駅で待ち合わせることになった。JR線との乗り入れがある大きな駅舎だったが、目的地にはそこからタクシーで向かうというので、待ち合わせはバスやタクシー乗り場のある東口を出たところと決めていた。

約束の時間の十分前に改札を出て階段を降りると、バス乗り場に設けられた屋根付きのベンチに、傘を杖代わりにして肩を丸めた老女の姿があった。

マスクをしていても見間違えることはない。

やはりあの「長澤のばばあ」だった。

近づいて行くと、気配を察したのかトキ子がこちらに顔を向けた。

頭を下げてから、肩を丸めながら甲の方を合わせた両手をゆっくりと左右に開いていく（＝お久しぶりです）。

怪訝《けげん》な顔でこちらを見ていたトキ子だったが、すぐに、ああ、という表情が浮かんだ。

〈あんたか。久しぶりだな〉

〈覚えておいでですか〉

〈そりゃあ覚えておるよ、道代の息子だろう〉

そう言ってトキ子が目を細めた。

七年前に会ったあの時、荒井の名と「両親ともろう者」と聞いたトキ子は、〈あんたのことなら知っておる〉と言った。

――会ったこともあるよ。あんたがまだこまい頃に。

トキ子は、亡くなった母――道代の昔馴染《むかしなじみ》だったのだ。

依頼の内容については大体のことは聞いていたが、目的地に向かうタクシーの中で詳細を聞いた。

これから向かうのはトキ子の実家であり、話し合いの場に参加するのはトキ子の兄弟姉妹やその子供たち。全員が聴者である、ということだった。

内容は、先だって亡くなったトキ子の実父の相続について。

もう七十はとうに過ぎているだろう彼女の父親であれば、百歳を超えていたのではないかと少し驚いたが、若くして結婚した父親は九十九歳まで存命だったという。一番上が七十九歳というトキ子の兄や姉たちも健在らしい。

ずいぶん長命な一家だとさらに驚いたが、トキ子は、

〈長生きは恥じ多し、といってな、褒められたことじゃない〉

と渋い顔で返した。

〈それで、今日の集まりというのはな……〉

名栗川沿《なぐりがわ》いを五分ほども走ったところにあるトキ子の生家は、広い敷地に建てられた木造の平屋建てだった。一部壁が剝がれていたり色合いがまばらになったりしているところもあるが、それも含めていかにも旧家といった佇《たたず》まいだ。

広い玄関のたたきには履き古した革靴や女性用の靴が何足も並んでいた。すでにみな来ているようだ。無言のまま靴を脱ぐトキ子に続き、荒井は小さく「失礼します」と告げてから玄関を上がった。

廊下を進んでいくと、奥からがやがやと人の声がしてくる。聴こえるはずもないが、トキ子はまっすぐその部屋へと進み、黙って障子《しょうじ》を開けた。

その瞬間、話し声がぴたりと止んだ。

二十畳ほどもあろうかという広い和室の中、年季の入った座卓を囲んでいた人々の顔が一斉にこちらに向けられた。総勢、十名。男が六、女が四。ビシッとしたスーツ姿の四十代ほどの男性以外はみな普段着で、トキ子よりも年上と見える年配の男女が二名いた。

庭に面した窓が開けられ、換気はできている。もちろん全員がマスクを着用し、ある程度の距離は保たれてはいるが、「密集」に近い状態ではある。年配者が多い集まりで少し心配ではあったが、それを押してでも集まらなければならない事情が彼らにはある。

「来たか」

一番年かさと見える、上座の茶色いジャケット姿の男が声を掛けた。

トキ子は何も答えず一番手前にあった座布団《ざぶとん》を引いて横座りになり、荒井の方に目を向けた。

荒井は立ったまま一礼し、

「手話通訳の荒井といいます。失礼します」

と告げ、トキ子の斜め前の位置で正座をした。

何人か眉をしかめる者がいたが、何も言わなかった。

「えー」

声を出した上座の男は、カラ咳一つして、周囲を見回した。

「えー、これで全員が揃ったので、始めます。では弁護士の高津《たかつ》先生からご説明を」

「はい」

隣に座ったスーツ姿の男――高津という弁護士は、もったいぶったように「では」と話し始めた。

「本日は、故浅見《あさみ》長政《ながまさ》さまの遺産分割協議のために皆さまにお集まりいただきました。皆さまの方で一度協議はされ、分配も決まりましたが、その後、長政さまが遺言状《ゆいごんじょう》を残されていたことが分かり、ご長男の秀政《ひでまさ》さまより改めての協議のご相談があり、こうして再度、お集まりいただいた次第です」

荒井はそれを日本手話に通訳した。トキ子はじっと荒井の手と顔の動きを見つめている。

相続については、荒井の父や母が亡くなった時に勉強したのである程度のことは知っていた。遺産分割とは、故人が遺言を残さずに死亡した場合に、法定相続人の話し合いによって具体的に分配していくことが多い。

話し合いがつかない場合には、家庭裁判所に「遺産分割調停」を申し立てることになる。調停になると、だいたい半年から一年ぐらいはかかる。最終的に話し合いで分け方が決まらない場合には審判になる。

共有状態のまま遺産を相続することも可能だが、相続したものが土地や不動産のように具体的に分ける方法が曖昧《あいまい》なものだと、のちのちトラブルの原因となる可能性があった。

民法では、相続人の範囲を故人の配偶者、子または孫もしくはひ孫、父母または祖父母、兄妹姉妹、甥・姪までに限定している。これらを法定相続人と呼び、優先順位や取得割合がそれぞれ決まっている。

六人の子と十人の孫がいた長政の場合は、代襲《だいしゅう》相続（本来相続人になるはずだった人が先に亡くなっていた場合、その子や孫やひ孫などの直系卑属が代わって相続人になる制度）も含め、法定相続人もかなりの人数になるわけだ。

その協議はすでに終わり、分割の内容も一度は決まったらしい。

協議にもトキ子は参加していたはずだが、と荒井は思う。その時、手話通訳者は派遣されていたのだろうか。

「それでは、遺言状の内容をお伝えします」

高津の言葉に、みなが身じろぎした。

いずれにしても問題は、その協議の後に見つかった遺言状の、その中身にあったのだった。

「遺言者、浅見長政は以下の通り遺言する。一、遺言者は、遺言者の有する次の財産を、長男・秀政に相続させる。（1）土地……」

現在この家が建っている土地、建物はすべて上座にいる秀政へ、という内容だ。みなの表情は動かない。

高津は続けた。

「二、遺言者は、遺言者の有する次の財産（株式、証券を含む金融資産）を、三女・トキ子に相続させる。（1）遺言者名義の預貯金及び債権……」

ある金融機関の名と口座番号が告げられる。

「三、遺言者は、遺言者の有する次の財産（株式、証券を含む金融資産）を、長男・秀政、三女・トキ子以外の法定相続人に、法定相続の取得割合に則り、分配する」

別の金融機関の口座番号を告げると、高津は顔を上げ、言った。

「以上です」

しばらく、誰も言葉を発しなかった。しかし一様に、顔には不満と不審の表情が浮かんでいる。

秀政が一つ咳ばらいをし、

「高津先生、ありがとうございました。えー、で、相続についてですが、前回の協議は無効、ということになるわけですね」

と尋ねた。

「はい」

高津は肯いた。つまり、今読み上げた遺言状が正式なものとして執行される。何も問題はないはずだった。だが、続く秀政と弁護士のやり取りは、意外なものだった。

「それで、改めて協議をやり直す必要がある、と」

「はい。今回の遺言状により、土地建物と三千万円の預貯金が分割対象から省《はぶ》かれますので、従前の遺産分割協議は正式な遺産ではないものを対象として行ったことになります。『遺産ではなかった財産が遺産分割の対象とされた財産の大部分または重要な部分といえる場合には、全体として遺産分割が無効となる』という考え方によれば、本件の遺産分割も全体として無効となり、遺産分割協議をやり直すことができます」

「なるほど」

秀政は再び咳ばらいをし、みなの方を向いた。

「それで、今日みんなに集まってもらったわけです。えー、なので、本来は、遺言状に明記された土地・建物と、三千万の預貯金については省き、それ以外の遺産についての協議となるわけですが、その前に」

秀政が、荒井の方を見た。

「ここまでの話は伝わってますね」

荒井は、その言葉をそのまま手話にし、トキ子に告げる。トキ子の答えを音声日本語にして、秀政に伝えた。

「大丈夫、伝わってる」

秀政は肯き、言った。

「トキ子、お前に相続放棄をしてもらえないか、と思っている。これは、みなの総意だ」

荒井はその言葉を手話にする。トキ子の表情は動かない。

秀政は早口で続けた。

「いや完全に放棄しろとは言わない。お前にももちろん相続の権利はある。しかし子供の中でお前にだけ全預貯金の半分近くを与えるというのは、これはどう考えてもおかしい。いくらオヤジが書いた正式な遺言状とはいえ、みんな納得しないわけだ。お前も自分でおかしいと思わないか？」

荒井が通訳する手話をじっと見ているが、トキ子は手も表情も動かさない。

トキ子の返事がないためか、秀政が困惑した表情を浮かべた。みなも緊張した面持ちで成り行きを見守っている。

秀政が言葉を続けた。

「お前は結婚して家を出て行ってから、特にオヤジやおふくろの面倒をみたわけではない。むしろずっと疎遠だったろう。盆暮れにも帰ることはほとんどなかったし、兄弟たちとも行き来はなかった……。

オヤジがお前のことを不憫《ふびん》に思っていたことはもちろん知っている。耳の聴こえないお前のことを誰よりも可愛がり……おふくろなどはたぶん、ツンボに産んでしまった自分のことを責めていたのだろう。子供の頃からお前ばかりいい目をして、兄弟たちは実は不満に思っていた者もおったが、それは俺が、トキ子は可哀そうな子なのだから大目に見てやれ、と抑えていた。知ってるよな?

お前だって、そういうことに引け目は感じていたはずだ。兄弟への恩義や結婚してからの不義理について、何も考えてないわけじゃあるまい。それに、お前は一人暮らしで他に家族もいない。大金を遺されても使い道もないだろう。どうだ、ここはお前の方から、遺言状にある相続については放棄すると言ってくれないか。そうすれば改めてお前の分はちゃんと考えてやるから」

荒井が通訳し終えるのを、みなが待っていた。

荒井の動きが止まると、全員の視線がトキ子に注がれた。

トキ子が、ゆっくりと手を動かす。

顎に小指を当てて、小さく口を尖らせた。

荒井が、その「言葉」を音声日本語にして伝える。

「構わんよ」

秀政が、驚いた顔になった。そして慌てたように、

「構わんというのは、つまり、相続放棄してくれるということか?」

荒井に、ちゃんと確かめてくれ、というような表情を向けた。しかし荒井はあくまでトキ子の方を向き、秀政の音声日本語だけを手話にする。

荒井の手と顔の動きを見て、トキ子が答えた。

〈ああ、相続放棄するよ。わしは一円もいらん〉

「ああ、相続放棄するよ。わしは一円もいらん」

荒井が通訳した音声日本語に、その場の空気が一変した。

「そうか、良かった。ありがとう」

秀政は安堵の表情でそう告げ、他の皆も顔を見合わせ、「良かった」「ホッとしたねー」「やっぱりそうよねー」などと肯き合っていた。

「それじゃあ高津先生、ここから改めての分割協議になるんですけど」

「はい、そうですね。ではもう一度、内容の確認ですが……」

場は、急に活気づいた。

「その場合、秀政兄さんの相続分はそのままなの?」

「前回の協議の時の取得割合はどうなるの?」

あちこちから声が上がる。

「少々お待ちください。まずは相続内容について……」

トキ子が、ゆっくりと立ち上がった。

手を貸そうとする荒井を遮り、行くぞ、という風に顔を動かす。

荒井は肯き、トキ子に続いた。

「トキ子叔母さん、帰るの」

「わざわざご苦労様」

気づいた兄弟や甥姪たちから声が掛かるが、トキ子は何も応えず障子を開ける。

「あ、すみません、通訳の方！」

高津から呼ばれ、荒井は振り返った。

「トキ子さまの承継《しょうけい》財産はなし、という内容の『遺産分割協議書』になります。後日お送りしますので署名捺印の上――」

「すみません、伝言はできませんので本人にお話しください。呼んできます」

そう答えて、すでに廊下を歩いているトキ子を追おうとした。

「あ、じゃあいいです。送付書類にメモを入れておきますので」

高津はそっけなく言って兄弟たちの方を向いてしまった。

釈然《しゃくぜん》としない思いで、すでに玄関に向かっているトキ子の後を追った。

帰りも、タクシーを呼んで駅まで戻った。

行きのタクシーでは饒舌だったトキ子は、終始無言だった。

荒井も、何も声を掛けられなかった。

本当にこれで良かったんですか――。

出かかった言葉を、何度も飲み込んでいた。事情は分からぬが、数千万円という相続の放棄を、こんなにあっさりと承知してしまって、本当にいいのか。

もしかして自分の通訳技術が未熟で、秀政の言葉を正確に伝えきれていないのではないのか。後で困ったことにならないか。そんな思いすら過った。

だが、それはない。行きのタクシーの中で、トキ子自身が荒井に告げたのだ。

〈今日の集まりというのはな、死んだオヤジの遺産の分割協議だ。わしにとってはどうでもいい。オヤジに限らず、もうとうに親兄弟の縁は切ったと思っておったからな〉

〈しかし、どうでもいいと言っても――〉

〈本当にどうでもいいんだ〉

トキ子は、荒井の言葉を遮って、言った。

〈向こうの言うことは、そのまま承知する。そのつもりでいてくれ〉

〈……分かりました〉

そう答えはしたものの、トキ子の真意を測りかねていた。正直言えば、今も。

タクシーを降りたところで、トキ子が初めて言葉を発した。

〈あー、せいせいしたよ〉

腰を伸ばした後、そう言ったのだ。

〈これで本当に、家族との縁が切れた〉

マスク越しでも分かる晴れやかな顔で、トキ子は笑った。


思ったより早く用事は済んだが、瞳美の迎えに間に合うかは微妙な時間だった。

電車の中でカバンからタブレットを取り出し、ＬＩＮＥで園子にメッセージを送る。

【用事は済みましたが、ギリギリか少し遅れそうです。お迎えはそのまま頼んでもいいですか？】

すぐに既読になり、

【いいよ、もう向かってるから。瞳美ちゃん連れて帰るから、ナオさんは家に戻ってて】

と返事があった。

申し訳ない気もしたが、自分が園に向かったとしても待たせることになってしまう。ここは言葉に甘えることにした。

【ではお願いします。お手間かけて申し訳ありません】

そう返すと、やけに可愛らしい「ＯＫ」のスタンプがついた。

夕飯の買い物を済ませて家に戻り、買ってきたものを冷蔵庫に入れていると、タブレットがＬＩＮＥの着信を知らせた。

園子からか、と思って見ると、フェロウシップの新藤からだった。アプリをタップし、トーク画面にする。

【こんにちは。通訳の仕事を再開したと田淵さんから聞きました。もしお願いできるようでしたら、以前お話しした件でもう一度ご相談できないでしょうか】

しばし、その文字を見つめた。

以前お話しした件――母親を刺し、傷害の罪で逮捕された「重度聴覚障害」のある女性。

忘れていたわけではなかった。通訳の仕事を再開するにあたり、頭を過ったことも間違いない。だがフルタイムで活動できない身では、こちらから「任せてくれ」というわけにはいかなかった。県のセンターだけでなく、都の手話通訳士派遣センターの田淵にも近況を知らせたのは、もしかしたら新藤たちの耳に届くかも、という思いもあったのだ。

荒井は、トーク画面に返事を打ち込んだ。

【お疲れさまです。はい、仕事は少しずつ再開しています。ただ、まだ時間にかなり制限があり、お役に立てるかは心もとないところがあります。その上で、私に協力できることがあれば、もち

ろん喜んで協力したいと思います】

すぐに既読になり、

【本当ですか、嬉しいです！】

という返事と、何かのキャラクターが「ヤッター」と叫んでいるスタンプがついた。

【もちろん、お時間の許す範囲で構いません。荒井さんのご都合がつく時に、一度事務所までお越し願えないでしょうか。今回は、単に手話通訳士としてだけでなく、「支援チーム」の一員としてご協力願えないかと思ってるんです。チームのメンバーもご紹介したいです。ちなみに、件《くだん》の女性は起訴されましたが、裁判の日程はまだたっていません。時間の猶予は少しあります】

そうか、やはり起訴されたのか。

裁判の日程が決まらないのは当事者にとってはつらいことだろうが、被疑者――いや、もう被告人だ――と打ち合わせを重ね、弁護方針を固める時間がより長く得られる、ということでもある。少なくともこれからチームに参画する荒井にとっては、すぐに裁判になるよりはありがたい。

そう思ってから、思わず苦笑した。

もう「チーム」の一員になったつもりでいるのか。まだ打ち合わせもしていないのに。

ふとタブレットに目を落とすと、新藤のトークにはまだ続きがあった。

【実は、被告人はずっと黙秘したままなんです。私たちはもちろん、弁護人である片貝さんにも事件について何も話しません。まず必要なのは、彼女に「話をしてもらう」ことなんです。そのために、是非ご協力ください】

黙秘――。

本来、通訳は事務スタッフの一人に過ぎない。荒井自身も言ったように、自分などより優秀な手話通訳者は山ほどいる。それなのに、なぜこんなに自分に執心するのか、少し不思議ではあったのだ。

被告人から、まず「言葉」を引き出すこと。

そのためには、「通訳」の役目が重要であるのは間違いなかった。

「支援チーム」の一員としてご協力願えないかと思ってるんです。

荒井は、自分に与えられた任の重さに身震《みぶる》いする思いだった。

第四章　黙　　秘

瞳美を恵清学園まで迎えに行き、連れて帰ってくれた園子を、荒井は自宅で迎えた。

「ありがとうございました。本当に助かりました」

「これぐらい、お安いご用よ。はい瞳美ちゃん、到着で～す」

〈ただいま！〉

父でもなく母でもなく「おばあちゃん」のお迎えという初めての出来事にやや興奮気味の瞳美は、帰ってくるなり荒井にまつわりついて、

〈なんできょうはおばあちゃんがおむかえなの、ってみんなにきかれた！〉

〈せんせいたちにおばあちゃんがきてくれてよかったね、っていわれた〉

と手と顔を動かしまくる。

〈そうか、良かったな〉

荒井は軽くあしらいながら、園子に茶を、瞳美にジュースを出し、買い物ついでに購入しておいた園子の好きな和菓子とともにねぎらった。

園子は、「男の人にお茶いれてもらうなんて何だか申し訳ないわね」と恐縮してから、

「これぐらい何てことないから。また必要な時があったら言って」

と満更《まんざら》でもない顔で応えた。

「ただ、帰りの電車でも困っちゃったけどね」

そう続けて苦笑する。

「瞳美ちゃん、ずっと何か話しかけてくれてるんだけど、私、全然分かんないから」

園子と話している間も、瞳美はジュースを一口飲んでは荒井に、

〈おばあちゃんがきっぷかってくれた！〉

〈わたしがこっちのでんしゃにのるんだよっておしえたの！〉

としゃべり続けている。お互い理解していないだろうに話がかみ合っているのが妙におかしかった。

しばらくすると、はしゃぎ疲れたのか瞳美はこっくりこっくりし始めた。リビングに布団《ふとん》を敷いて寝かせたところで、園子も腰を上げた。

「私も少し疲れたから帰るわ」

荒井は、もうじき美和も帰ってくるから夕飯を一緒に、と勧めたが、園子は首を振り、

「美和ちゃんとみゆきによろしく」

と帰っていった。

しばらくして、美和が帰ってきた。

「ただいま」

廊下を歩いてくる彼女に「おかえり」と声を掛ける。

学校再開からしばらく、時短・分散登校を実施していた美和の中学だったが、今週から通常授業となり、部活も再開する予定だった。ところがその矢先、他地域の中学で生徒の感染が判明し、

その学校が臨時休校となる事態が起きた。県全体でも各地で感染者が増え始め、ここまでの累計で千人を超える感染者が出ていた。

そういうこともあってまだ完全再開とはならず、帰宅時間も早いのだった。

リビングを覗いた美和は、「ひーちゃんお昼寝？」と尋ねた。

荒井が肯くと、リビングに入ってきて瞳美の寝顔を覗き込む。

「よく寝てる」と含み笑いをしてから、

「おばあちゃんお迎え大丈夫だった？」

と訊いた。

「ああ、電車の中でずっと話しかけられて困ったって言ってたけどな」

そう答えると、美和は「目に浮かぶ」とおかしそうに笑った。

しばらく瞳美の寝顔を眺めてから、「さて、勉強するか」と立ち上がる。

そのタイミングで、瞳美が目を覚ました。

〈あ、起こしちゃった？〉

目の前に姉がいて驚いたのか、瞳美は目をぱちくりさせてから、顔いっぱいに笑顔を浮かべて、美和に抱きついた。

「おーおー」

美和も嬉しそうに瞳美を抱っこする。

〈いつかえってきたの？〉

姉の腕の中で瞳美が訊く。

〈たった今〉

美和は右手だけで器用に答えた。

瞳美はもう一度嬉しそうに笑い、傍《かたわ》らにいる荒井にも笑顔を向けてきた。

それから、辺りを見回し、〈おばあちゃんは?〉と尋ねる。

〈帰った。瞳美ちゃんによろしくって〉

瞳美は少し寂しそうな顔をして、下を向いた。

〈どうしたの?〉

美和が尋ねる。

瞳美は顔を上げたが、その顔は悲しげだ。そして、元気なく手を動かした。

〈おばあちゃん、わたしのことをきらいなのかな〉

〈なんで〉美和は笑った。〈そんなことあるわけないじゃない〉

〈でも〉瞳美の顔は曇ったままだ。

〈あんまりおはなししてくれないの〉

美和がハッとしたように荒井の方を見た。荒井は肯き、瞳美を下に降ろすよう美和を促した。

美和は肯き、瞳美を降ろした。えー、と不満そうな瞳美を、荒井は自分の方に向かせる。

言い聞かせるように、手と顔を動かす。

〈おばあちゃんは、瞳美のことが大好きだ。いつもそう言ってる〉

荒井の動きをじっと見つめる瞳美だが、まだ納得しない顔だった。荒井は続けた。

〈おばあちゃんがあまりお話ししてくれないのは、おばあちゃんが手話を話せないからなんだ〉

瞳美は首を傾げている。荒井は尋ねた。

〈「声で話す人」がいるのは知ってるよな?〉

少し考えるような間があってから、瞳美は肯いた。

瞳美の生活する周囲にいるのは、ほとんど「手話で話す人」だ。家では――少なくとも瞳美の前では――家族全員が手話で話すし、園ではすべての会話が手話だった。

しかし、テレビを観たり、「外」に出かけたりすれば、当然「聴者《ちょうしゃ》」と出会う。瞳美には聴こえない「声」というもので会話をする人たちがいることは、何となくは理解している。

荒井は続けた。

〈おばあちゃんも、「声で話す人」なんだ〉

〈でも、おばあちゃんは、わたしのおばあちゃんでしょ？〉

瞳美は再び首を傾げ、手と顔を動かす。

〈うん、そうだよ〉

〈そんなのおかしい！〉

〈なにがおかしいの？〉

横から、美和が言った。

〈家族なのにおかしいってことじゃない？〉

そうか。荒井は肯き、考えながら話した。

〈そう、おばあちゃんは、瞳美のおばあちゃん。お母さんのお母さんだ。家族だけど、おばあちゃんだけ「声で話す人」なんだ〉

本当は、と荒井は思う。父である自分も、母であるみゆきも、姉である美和も、「声で話す人」なのだ。しかしそれを今言ったら、娘は混乱するだけだろう。

瞳美はまだ首を傾げている。

〈とにかく〉

荒井はもう一度、言い聞かせるように手と顔を動かす。

〈おばあちゃんは瞳美のことを嫌いなんかじゃない。本当は瞳美といっぱいおしゃべりしたいんだ。でも、手話ができないので、あんまりおしゃべりできないんだ。いつかおばあちゃんも手話が話せるようになって、いっぱいおしゃべりできるようになるといいね〉

〈うん〉

瞳美は、ようやく納得したように肯いた。

「じゃ、私、勉強するね」

話がすんだのを見て、美和が荒井に言った。そして瞳美に向かって、

〈お姉ちゃん勉強してくるからね、またね〉

と手を振った。

〈おべんきょうおわったらあそんでねー〉

手を振る瞳美に、〈分かった〉と笑顔を返し、美和は自室へ入っていった。

〈わたし、おえかきする！〉

瞳美は、園に持っていったカバンの方に走っていき、中からスケッチブックとクレヨンを取り出した。

夢中になって絵を描き始めた娘を横目で見ながら、荒井はキッチンへ行き夕食の支度《したく》を始める。

あれで、良かったのだろうか。ふと心配になる。

瞳美は、分かってくれただろうか。

心もとない気はしたが、ああ言う他はなかった。

その夜は、珍しくみゆきも早く帰ってきて、家族四人揃って食卓を囲んだ。

瞳美は、みゆきに対しても荒井に話したのと同じ、

〈なんできょうはおばあちゃんがおむかえなの、ってみんなにきかれた！〉

〈せんせいたちにおばあちゃんがきてくれてよかったね、っていわれた〉

〈おばあちゃんがきっぷかってくれた！〉

〈わたしがこっちのでんしゃにのるんだよっておしえたの！〉

という話を繰り返し聞かせる。

〈良かったねー〉〈これからたまには〉〈おばあちゃんに迎えに行ってもらおうか〉

みゆきが応えると、瞳美はうん、うん、と肯いた。

〈あのね、おばあちゃんは、わたしのことだいすきなんだって！〉

〈そうなの〉〈おばあちゃんがそういったの〉

みゆきが言うと、瞳美はちょっと困ったようにモジモジした。

〈うーんとね、それは、おとうさんがいった〉

〈ああ、お父さんが言ったのか〉みゆきは笑ってから、〈でも本当のことだからね〉〈いつもおばあちゃん言ってるよ〉〈瞳美ちゃん可愛いね、大好きだよって〉

みゆきの手と顔の動きを見て、瞳美は屈託ない笑顔を見せた。

食事を終え、荒井が瞳美を寝かしつけ戻ってくると、みゆきと美和が学校のこれからについて話していた。

「もうすぐ通常授業っていっても、すぐに夏休みよね。今年は夏休みどうなるって？」

「いつもより短くなるのは決まってるみたい。八月に入ってから二週間ぐらいになるんじゃないのかな」

「今までの遅れを取り戻さなきゃだもんね」

「そんなのあたしたちのせいじゃないけどねー、修学旅行も運動会も中止になっちゃったし。終業式や始業式もやらないで、その分も授業に充《あ》てるみたいよ」

「そっか。大変ね……」

みゆきが同情した口ぶりで言う。

「まー、毎日、面倒よ」

美和がへきえきした表情で応えた。

「マスクや換気はしょうがないけど、休み時間でも会話を控えるようにとか、給食の時に机を向かい合わせちゃダメとか、部室も人数制限あるし、あれもダメこれもダメでやんなっちゃう」

「手話で会話すればいいんじゃない？　飛沫《ひまつ》も飛ばないし、みんなに教えたら」

みゆきの言葉に、美和が「えー」と驚いた顔になる。

「お母さんもそういうこと言うようになったんだ」

「どこかの小学校でそんなことやってるってニュースになってなかった？」

みゆきがそう言って、荒井のことを見た。

「飛沫防止のために、給食の時間に、子供たちが手話でコミュニケーションをとるっていう取り組みを始めた小学校があるって。ねえ」

「え？　あ、ああ……」

その件については、荒井も知っていた。

「美和たちの学校でもやってみたらいいじゃない、先生に話してみたら」

「……お母さん、何も知らないのね」

美和が、小さく口の端を歪《ゆが》めた。

「え、何が？」

「美談みたいに取り上げられてるけど、その話、ちょっとヤな展開になってるのよ」

「え、そうなの？　どういう風に？」

美和は、荒井の方に目をやり、

「聞いてみたら」

と言って立ち上がった。

「じゃあ、おやすみ～」

自室へ向かう美和を「何よ、意味ありげに」と見送ったみゆきは、荒井の方に向き直った。

「何なのヤな展開って」

荒井は、仕方なく説明をした。

コロナ禍《か》での感染防止対策の一つとしてある小学校が始めた取り組みを、いくつかの新聞が取り上げたのだった。


手話でしゃべろう！　コロナで無言の小学校　給食で取り組み

――小学校の中高学年児童は、手話を使って給食の前後にちょっとしたあいさつを交わす取り組みを始めた。献立のカレーライスと牛乳とヨーグルトの配膳が終わると、黒板の前に出た代表の児童2人の身振り手振りに合わせて「いただきます」と全員が手話であいさつして食べ始めた。「ごちそうさま」「おいしかった」など1学期中に他の言葉も覚え、コロナの感染状況次第では2学期も続ける。

　市教委は「学校側の指導とはいえ、無言で給食を食べる子供たちの姿は痛ましい。この時間を障害者への理解を深める機会に変えたい」としている。


　この記事はSNSなどで拡散され、「すごくいい取り組み」「他の学校でも真似すればいいのに」「コロナ禍のちょっといい話ですね！」と称賛された。

　美和の言う「ヤな展開」になった発端は、とある人物が、やはりSNSでこの記事の取り上げ方に対し疑義を呈したことだった。

【コロナ禍の時は便利に使って、収束したらもう手話を使わなくなるのだろうか】

【「聴こえない人」の大切な「言語」である手話を、おもちゃのように使い捨てにしてほしくない】

【美談のように扱ってるが、文化の盗用ともいえる】

　発言自体は、小学校の取り組みそのものに対してではなく、報道の仕方、その姿勢に対して向けられたものだ、と荒井には思えた。

　しかしこの意見に対し、ネット上で驚くほど多くの反論が寄せられたのだ。

【これがきっかけで手話をおぼえる子供が増えればいいんじゃないの？　何が問題なの？】

【カタコトでもコミュニケーションが取れるのは楽しいでしょ。何がいけないんですか？】

【きっかけは何でも、手話を学ぼうとすることの何がダメなの？】

【聞こえる人が使って何か問題が？　全く理解できない】

【遊びでも使えるようになればいいじゃん。何がいけないのか分からない】

【被害妄想なんじゃない？】

【ちょっと何を仰っておられるのか、分かりません】

【ならば英語習得のために英語のみで会話させるのも「文化の盗用」なのか】

確かに、発言者の言い方にも問題はあったのだろう。「おもちゃ」「盗用」という表現は厳しすぎる気はしたし、なぜこのように感じるのかについての説明も足りていなかった。

しかし、と荒井は思う。それらを差し引いても、これほどまでに批判されるような発言だったのだろうか。いや、批判や非難ならまだそこから議論が生まれる余地もある。しかし多くの反論に共通していたのは、「何を言っているのか分からない」という「無理解」だった。

これらに対し最初の発言者からの反応はなかったが、見かねた幾人かのろう者たちが反論への反論を試みていた。

【手話を知る入り口として賛成です。ただ、美談として消費されてしまうのが心配】

【コロナが収束した時、「もう手話はいらないよね」となってしまうんだったら、「感動の材料」と受け取られかねないのでは】

【これを機に、手話のことをもっと知ってほしい】

しかし、「彼ら」は聞く耳を持たなかった。

これら当事者の意見に対しても、

【まったく理解できない】

【ちょっとそれって思い上がりじゃない？】

【せっかくいいこと始めたのに水をさすようなこと何で言うのかね】

【手話習ってたけどもうやめます】

【そんな面倒なことを言われたら誰も手話なんか使わない】

と突き放したのだった。

荒井は、せめて対話をしてほしいと思った。最初の発言者も、それに対し反論した者も。

当事者の意見を聞き、それでも理解できないのだとしたら、どこがどう理解できないのか、なぜ当事者はそう思うのか、ということについて考えてほしかったのだ。

聴こえる者が手話を使ってももちろん構わない。むしろ、どんどん使ってほしい。しかしそれと同時に、手話とはどういうものなのかを知ってほしい。

学校の中でさえ手話を禁止されてきた歴史があることや、手話は「身振り手振り」ではないこと。独自の文法を持ち、日本語やほかの外国語と同じ「言語」であることを、知ってほしい。

それが、ろう者の共通する思い、いや「願い」なのではないか。

だが結局は、圧倒的な数の聴者側の「拒絶」で、その件は終わってしまった。

手話って、面倒くさい。

マイノリティって、権利を主張しすぎるよね。

そんな印象だけを残し、肝心の取り組みはその後どうなったのか。そもそも、そこで使われた手話とはどういうものだったのか。

そんなことすら伝えられないまま、終わってしまったのだった。

「……なるほどね」

話を聞き終わったみゆきは、肯いてから、言った。

「まあ批判する気持ちも、少しは分かるけどね。せっかく手話を広めるチャンスをつぶすようなことを言う必要もないでしょ、とは思うけど」

そう言ってから、「でも」と続けた。

「それって、『せっかく手話を使ってあげているのに』っていう気持ちが私たちの中にあるからよね」

荒井がひっかかったのも、実はそこだった。

「便利に使うだけでなく手話についてもっと知ってほしい」と願うろう者たちのことを「そこまで要求するのか」と突き放す「聴こえる者」たちには、その心のどこかに、手話やろう者を見下す気持ちがあるのではないか。

せっかく使ってあげているのに。

せっかく広めてあげようとしているのに。

うるさいこと言うなら、もうやらない。

その態度は、決して対等な関係とは言えないのではないか――。


フェロウシップの新藤からは、その後、ＬＩＮＥを通じて事件の詳細、ここまでの経過を聞いた。

被告人――事件の加害者の名は、勝俣郁美《かつまたいくみ》・二十六歳。先天性の失聴者で、聴こえの程度は「全ろう」と言っていいものだという。以下は、本人がほとんど話さないため、親族や、勤めていた会社の関係者などから聞き取った内容だった。

両親は幼い頃に離婚し、今回の被害者である母親に女手一つで育てられた。兄弟はいない。

他県のろう学校を卒業後、都内の専門学校に進んだ。正規の就職はせず、いくつかの派遣会社に登録して、ＯＡ機器メーカーでの事務や部品工場などで派遣社員として働いていた。

【事件当時に勤めていた会社は、コロナの影響で海外から部品が入ってこなくなり、自宅待機の状態でした。休業補償はほとんどされていなかったようです】

【会社は、雇用《こよう》調整《ちょうせい》助成金《じょせいきん》制度《せいど》は使っていなかったんですか】

【手続きが煩雑だと、利用していなかったようなんです】

彼女も、コロナ禍により生活が追い詰められた者の一人だったのだ。

緊急事態宣言で休業要請の対象となった業種だけでなく、感染の拡大、それに伴う人々の自粛生活により、休業したり営業の縮小を余儀なくされた業種・業態は多い。さらに、売り上げが減少したため「自宅待機」という名目で社員・従業員の一部を実質休職させた中小企業はかなりの数に上るだろう。

労働基準法は、企業の責任で従業員を休ませた場合、休業手当の支給を義務付けている。また国も、新型コロナウイルス特例の雇用調整助成金制度を始め、休業補償がきちんとなされるようバックアップしていた。

しかし、実際にはそれらの支援を受けられず、正当な補償を受けられないまま休業を余儀なくされている労働者が大勢いることは、ここにきて社会問題にもなっていた。特に非正規やアルバイト、パート社員の場合には、泣き寝入りしているケースは報道されている以上に多いに違いない。

【不況になるとまっさきに切られるのは、非正規などの不安定な雇用関係にある人たちで、しかも女性が多いんです。それに加えて、障害者の解雇も進んでいます】

荒井も、ついこの間、みゆきと一緒にテレビのニュースを観ていてその話をしたばかりだった。

「企業はどこもリモートワークが進んでいるでしょう。でも、リモートワークができるのはほとんど正社員で、パートの女性社員とかは出社を要請されるんだって」

憤懣《ふんまん》やるかたない、という口調でみゆきは言っていた。

「でも小さな子供とかいると幼稚園や保育園が休園してて預けられなくて、結局『休業』になる。『自分都合』にされて補償が出ない、っていうケースが多いらしいのよ」

障害者の場合は、さらに深刻だ。

オフィス内で働く障害者の仕事は、知的障害者であれば清掃や配送物の仕分け、社内カフェなど。視覚障害者は社内マッサージルーム勤務など、そもそもリモートワークに適さない職種が多い。三密《さんみつ》回避により仕事自体がなくなる、というケースもある。コロナ禍による業績の悪化で解雇される障害者が、ここにきて急激に増えているのだった。

聴覚障害、派遣、女性、と不利なカードばかりが揃った勝俣郁美の生活が、相当に追い詰められていたであろうことは想像に難くなかった。

【事件の背景には、そういうことも関係が？】

【その辺りのことが、まだ分からないいんです。何しろ本人が全然話してくれないので】

【第一言語は手話なんですよね？　仕事場ではどうだったんですか？】

【仕事場では主に筆談でコミュニケーションをとっていたようです。本人は手話通訳を希望していたようですが。だから手話は使えるはずなんですけど、片貝さんの問いかけにも全然反応しないので、よく分からないいんです】

片貝の手話での問いかけに反応しないのが、行為としての黙秘なのか、手話自体に問題があるのかは判然としないということらしい。

では家ではどうだったのか、と荒井は思った。

母親は手話を使えたのだろうか。

【来週、片貝さんが接見します。その時にご同行お願いできないでしょうか。荒井さんの手話だったら反応するかもしれないですし】

それは買いかぶりだ、とは思ったが、協力できるとしたらそれぐらいしかない。

日時を訊くと、行けない時間帯ではなかった。だが拘置所《こうちしょ》までの移動時間を考えると、やはり瞳美の迎えには間に合わない。

また園子に頼むしかないか。しかし今度は、前回より長い時間頼まなければならない――。

「分かった。お母さんに訊いてみる」

その夜、帰ってきたみゆきに事情を話すと、彼女はそう応えた。

「この前より長時間になると思うけど」

「大丈夫じゃないかな。一度経験して自信ついたみたいで、またいつでも行くよ、なんて言ってたから」

みゆきの言葉通り、園子は迷うことなく承諾の返事をくれた。

「喜んでたわよ。むしろおばあちゃん孝行になってるんじゃない？」

瞳美も、事情を話すと〈おばあちゃんにあえる！〉とはしゃいでいた。

自分が気にしすぎだったのかもしれない、と荒井も素直に園子の厚意に甘えることにした。帰り時間を気にせず仕事ができるのは、実際ありがたかった。

フェロウシップを訪ねるのは、一年振りだった。

前回訪れたのは、とあろう者の女性が自分の勤めている会社を雇用差別で訴えた時だ。フェロウシップが彼女を支援し、その依頼で原告の専属通訳の任についたのだ。

あの時は裁判でも通訳をしたが、今回は法廷通訳人は別にいる。荒井の役目は被告人の接見の際の通訳に限定され、出廷することはないはずだ。

だからと言って、役割が軽い、というわけではない。

【弁護方針は、まだ定まってないんです。何しろ、被告人が何もしゃべってくれないので】

新藤のＬＩＮＥにあった最後の言葉を思い浮かべながら、荒井はフェロウシップの事務所のチャイムを押した。

第五章　断　絶

拘置所《こうちしょ》で落ち合わずにフェロウシップで待ち合わせたのは、前もって片貝から「少し時間をとってお話ししたい」と申し入れがあったからだった。今回はいつもより綿密な打ち合わせが必要、ということなのだろう。

事務所での打ち合わせには新藤や他のスタッフも同席したが、代表である瑠美は別の用事で出かけているらしく、姿は見えなかった。

「手塚が、荒井さんにくれぐれもよろしくとのことです」

新藤の言葉に肯きを返し、席に着いた。

失業したり住まいを失ったりと、コロナ禍《か》にあって人々の困窮は増している。最終的にしわよせがいくのは、社会的に立場の弱い人たちだ。国の支援策が行き届かないそういった人々のために、フェロウシップの代表である彼女が昼夜を問わず飛び回っているのは想像に難くなかった。

《事件の概要についてはもうお聞きですね》

片貝が言った。

〈はい〉

片貝が使うのはもっぱら日本語対応手話だった。荒井は特にそれに合わせることはせず、いつもの日本手話を使った。互いに慣れているため会話に支障はない。新藤も両方の手話を解するため、問題はなかった。

《罪名は、傷害。事実関係は争いません。被告人も、母親を包丁で刺したことは認めています。母親の方も厳罰までは望んでいないので、本来であれば不起訴にももっていけたかもしれない事案だったのですが……何しろ本人が何もしゃべってくれないもので》

片貝が苦渋の表情を浮かべる。荒井は訊いた。

〈不起訴になる可能性もあったんですか〉

《そうですね……》

片貝は、荒井のために「傷害罪の成立要件」について簡単にレクチャーしてくれた。

刑法第二百四条で「十五年以下の懲役《ちょうえき》又は五十万円以下の罰金に処《しょ》する」とされる傷害罪だが、実際にどの程度の罪に問われるかは、その手段と結果によって大きく異なる。

手段でいえば、素手で殴った場合より、刃物のような凶器を使った場合の方が当然罪は重くなる。また同じ刃物でも、包丁と果物ナイフでは包丁の方が悪質性が高いとされていた。

その使い方も問題となる。切るよりも刺す方が怪我の程度が重くなることが多いからだ。そのため、たとえ全治一週間の怪我であったとしても、包丁で突き刺したという場合であれば厳しい扱いになる。

結果、というのは怪我の程度だ。全治二週間以内であれば、起訴猶予《きそゆうよ》の可能性があると言われている。ただし起訴猶予となるには、最低でも被害者との示談が成立している必要があった。また、怪我の程度が二週間以内であっても、凶器を使っている場合には罰金刑となる可能性が高くなる。

今回の場合は――。
怪我の程度は全治三週間。被害者である母親は厳罰は望んでいない。これだけ見れば不起訴の可能性も高いが、包丁という凶器を使用しているため、判断が分かれるところだ。
検察が起訴に踏み切った一番大きな理由が、被告人が「動機について語らない」ことなのだった。
《おそらく検察は、母親の供述から、動機に酌量《しやくりよう》の余地がない、と見たのでしょう》
〈母親からは話を聞けているんですか〉
《ええ》片貝は、手元のノートに目を落とした。
《当時の状況については、おおよそのことは聞くことができました》
母親から聞き取ったという内容を説明する。
《時刻は、夕方の六時過ぎ。母親と娘――被告人ですね――二人はキッチンで一緒に夕飯の調理をしていたところだったそうです。母親は火にかけた鍋の味見をしているところ。娘の方は、包丁を手に野菜を切っている最中だったそうです。この時母親が、娘が味付けした鍋の「味が薄い」というようなことを言ったそうです。これに対し娘が口答えをし、少し口論になったと。しかし結局は母親の言うことが勝り、母親は自分で鍋に味を足したそうなんです。その時、脇腹に激痛を感じ、見たところ、自分の脇腹に包丁が刺さっていたと。娘に救急車を呼ぶよう言ったが泣き叫ぶばかりで動かないため、母親が自分で一一九番し、救急車を呼んだ。救急車を待っている間も娘は泣き叫ぶばかりで手当てもせず、何でこんなことをしたのかと尋ねてもちゃんとした答えは返ってこなかった、ということです》
たとえ気が動転していたとしても、その後の処置や謝罪もなかった、という点を検察は悪質性が高いと見ているのだろう。
〈口論の内容については、単に鍋の味のことだけだったんですか？〉
《母親は、そう言っていますね》
〈しかし刺す、というのはよほどのことですよね〉
《そうなんです。そこのところが分からないんですが……母親は、娘が注意されてカッとなって、手に包丁を持っているのを忘れて手を振り回してしまって、それで誤って刺してしまったんじゃないかとも言ってるんですけど……ただ、誤って刺したにしては、傷が深いですし、娘自身が「過失ではない」と認めているので……》
〈認めている、というのは警察や検察の取り調べに対してですか〉
《いえ、こちらとの接見でも、その点だけははっきりと認めています。というか、はっきり話してくれたのは、そのことだけなんです。「誤って刺したのではありません」と》
なるほど、それで「事実関係は争わない」という弁護方針になったわけだ。
〈片貝さんとの会話は、手話なんですね。その「誤って刺したわけではない」というのは、手話で？〉
《そうです》
〈どんな手話を使っていますか？〉
《会話が少ないのではっきりしたことは言えないんですけど……》
片貝は、自信なさそうに答えた。
《おそらく、ろう学校で同級生の使う手話を見て覚えたのではないでしょうか。日本手話とも日本語対応手話ともどちらともいえない……そのろう学校だけで使用されていた手話も混じってい

るようです》
なるほど。もう一つ、訊きたいことがあった。
〈母親とはどうなんですか？　手話なのか、口話《こうわ》なのか〉
《母親とは口話、ということです》
〈被告人がそう言ってるんでしょうか？〉
《いえ、被告人はそういうことは全然話してくれませんから。母親の証言です》
片貝が、ノートを見ながら続けた。
《自分には、手話は分からない。娘にも、聴こえないと分かった時から補聴器をつけさせ、少しでも聴こえるような訓練を受けさせたが、聴こえるようにならなかったのでろう学校に入れた。そうしたらいつの間にか手話を使うようになったが、自分は分からないので、家では「口でしゃべるように」と日ごろから言っていた、と》
〈母親とは、ずっと同居ですか？〉
《いえ、娘が専門学校を卒業して、非正規ですが勤めだした頃——五年前ですか、その頃家を出て、独立したそうです。会社の寮の時もあれば、アパートを借りていた時もあるようですが、いずれにしてもここ数年は離れて暮らしていて……。このコロナ禍で自宅待機となり、休業手当も出ずに家賃を払えなくなったため、アパートを引き払い、実家に帰ってきたということです。事件が起きたのは》
片貝が、ノートを確認する。
《再び同居するようになってから、四日後のことですね》
〈そうですか〉

実家に戻ってきて数日後に起きた事件。そこに意味を見出したくなるが、予断は禁物だ。一旦頭から振り払い、尋ねた。

〈片貝さんとの接見で、口話を使うことはないんですね？〉

《ええ》片貝は肯き、続けた。

《接見の時だけでなく、逮捕されてから、取り調べでは一度も声を発したことはないということです。ろう学校の時の友人や仕事の同僚などにもいろいろ聞いてみたいんですが、本人が全く交友関係を話してくれないもので》

〈母親からは聞けないんですか？〉

《母親は、娘の交友関係については把握していないようなんです。特にろう学校時代の同級生については、母親は手話が分からないから、と会ったこともないようで》

片貝は、そこで小さくため息をついた。

《情状酌量の証人を探そうにも苦労しそうです》

かなり厳しい弁護活動になるということだけは、理解ができた。

〈証人探しは、私が何とかします〉

新藤が横から、力強く言った。

〈幸か不幸か、裁判までまだ日がありますので〉

それだけが救いだった。

緊急事態宣言が明けるとともに、それまで止まっていた裁判の期日《きじつ》も、徐々に入り始めた。といっても、まずは三月に予定されていた裁判の日程から順次入れていくため、その後に起こった事件については当然後回しになる。

傷害事件であれば、裁判員裁判事件と比べて日程が入れやすいという側面はあるものの、六月末にようやく最初の期日指定が行われたという現状を見れば、本件の期日指定は早くても七月末。しかしその頃は夏季休廷《かききゅうてい》と重なるため、盆明けまでは延びるだろう。

時間があればそれだけ弁護の準備に充《あ》てられる。それは荒井も同様だ。今回ばかりは、期日が遅れることがありがたいのだった。

東京拘置所では、四月に初めて収容者の感染が判明していた。それから感染者は出ていないようだったが、全国の拘置所では相次いで感染者が判明しており、大阪では集団感染も確認されていた。

法務省は、一回当たりの収容者の運動や入浴の人数縮小、職員は公共交通機関の利用を控える、新規の収容者は個室に十四日間入れて検温、などの感染症対策指針を定めたが、それでも安心できない状況は依然続いているのだった。

面会の受付は片貝の専任通訳も担う事務所のスタッフがしてくれるので、荒井は身分証明書を見せるぐらいで、後は黙ってついていけば良かった。

手荷物検査を済ませ、片貝と二人面会室に入る。面会相手が聴覚障害者であることから、マスクではなくマウスガードの装着を許可されていた。

小穴の開いたアクリル板の向こう側に、職員に連れられて女性の姿が現れた。

着古したベージュのトレーナーに下はジーンズ。真ん中から分かれた髪は、胸のあたりまで垂れている。俯《うつむ》き加減で表情はよく見えないが、被告人――勝俣郁美との初めての対面だった。

郁美は荒井のことを見ても特に反応はなかった。俯いたまま椅子に座り、顔を上げない。

《こんにちは》

　片貝が、「声付き」の日本語対応手話で語り掛ける。

《前回、あまり意思の疎通ができなかったように思ってね、今日は手話通訳の人を連れてきました。この人は日本手話ができますから》

〈初めまして。よろしくお願いします〉

　荒井は最低限の挨拶をするだけに留めた。

　視線が少しだけ荒井の方に向いたが、郁美は再び俯いた。

《お願いですから顔を上げてもらえませんか。そうしていると手話も口元も見えないでしょう。会話にならないので》

　その片貝の言葉を、荒井は日本手話にして繰り返す。郁美の視線が、ほんの少しだけこちらに動いた。

〈郁美さん、少しお話ししましょう〉

　郁美の手はもちろん、表情も動かない。

　しかしそれは、「言葉が通じていない」わけではないことの証明かもしれない。そう荒井は思った。「分からない」のであれば、むしろ眉や口元に動きがあるはずだ。

　彼女は、荒井の「言葉」を意識的に目に入れないようにしているのだ。

　聴者《ちょうしゃ》であれば「耳をふさぐ」のと同じ行為――つまり、自分の意志で対話を拒否しているのだった。

　続く片貝の言葉を、日本手話にする。

〈これから裁判になりますが、お母さまは「寛大な処分」を望んでいます。あなたがはっきりと謝罪と反省の言葉を述べれば、裁判官もその意を酌《く》むでしょう。さらに、なぜあんなことをしたのか、その動機に同情の余地があれば、執行猶予もあります〉
片貝の言葉にも力がこもった。
〈聞かせてもらえませんか。なぜあんなことをしたんですか？　あの時、あなたとお母さんとの間に、何があったんです〉
しかし、やはり郁美は顔を上げなかった。

結局郁美は一言も発しないまま、接見は終了した。

《いつもこんな感じです》

拘置所を出ながら、片貝は苦笑を浮かべた。

〈お役に立てず、すみません〉

《いえ、最初から手話の種類が問題ではないことは分かっていますから》

〈では、なぜ私に？〉

《荒井さんは、あの新開の心を動かした人ですからね》

そう言って、片貝が笑顔を向ける。

新開——新開浩二。

今はすっかり更生し、ろう学校時代の同級生である深見慎也の会社で主任整備士として働く彼も、以前はこの壁の向こう側にいたことがある。

荒井は七年ほど前、その新開の取り調べの際に通訳としてついたことがあるのだ。

確かにあの時、新開は荒井の言葉に心を動かし、それまで表すことのなかった被害者への謝意と事件への反省を述べた。裁判の際にも同様に被害者に対し頭を下げ、それが判決内容に良い影響を与えたのは間違いない。
しかしあの時は、それまで警察職員が兼任していた通訳が新聞の手話を理解せず、取調官《とりしらべかん》にも強い偏見があった。荒井の使う日本手話が功を奏し、頑《かたく》なだった彼の心をほぐしたのだ。今回とはケースが違う。
《荒井さん。通訳のこと以外でも感じたことがあったら何でも言ってください》
片貝が、改まった表情で言った。
《今回は通常の手話通訳者としての範囲を超えていただいて構いません。「チームの一員」というのはそういうことですから》
〈分かりました〉
そう答えはしたものの、郁美に「話してもらう」ためにどうすればいいか、糸口が見つからなかった。

片貝と別れ荒井が向かったのは、恵清学園でも自宅でもなく、園子の家だった。

「ナオさんの戻りが遅くなるなら、瞳美ちゃん、うちに連れて帰ってもいい？」

今日のお迎えを頼んだ時に、園子からそう提案された。もちろんみゆきにも荒井にも異存があるはずもない。それでなくともコミュニケーションの取りづらい孫と二人で過ごすには、他人の家より自分の住まいの方が何かと便利なのは間違いなかった。

園子が一人で暮らす家——そこはみゆきの生家でもある——は荒井たちが住む町と近く、さほどの回り道でもなかった。東京都とほぼ接する地区ではあったが、最寄り駅からも遠い彼女の家の近隣は、農地や緑地が多く残る場所だった。

みゆきが十歳ぐらいの時に建てられたというから築三十年以上になる一軒家は、さすがにかなり老朽化している。

「冬がねえ、何だか底冷《そこび》えがするのよねえ」

園子がよくそうこぼしているように、断熱材《だんねつざい》など使うこともなく建てられた家は、経年劣化《けいねんれっか》で隙間風も入り込むのかもしれない。だがそれだけではないだろう。

みゆきが進学とともに家を出、その数年後に夫が病死してから、彼女はずっと一人暮らしだ。二階建ての古い家に一人で暮らすのは寂しいに違いない。

実は、今のマンションに越す際に園子も一緒に住まないかと誘ったのだが、固辞されていた。

「元気なうちは一人で大丈夫。認知症になったら施設に入るから」

冗談めかして言っていた園子も、もう七十歳を超えた。そろそろ本気で同居を考える時期に来ているのかもしれない。

チャイムを鳴らすと、すぐに園子が玄関を開けた。

「ああ、お帰りなさい」

「遅くなってすみませんでした」

「ううん、全然。瞳美ちゃん、お昼寝してるから」

「そうですか、ありがとうございました」

靴を脱いで、玄関を上がる。古くなった床板がかすかにきしんだ。

居間に敷かれた布団《ふとん》で、瞳美はすやすやと寝息を立てていた。まるで我が家のようにリラックスしたその姿に、思わず笑みが浮かぶ。

「古い家が珍しいんだろうね。二階にも上がって、あちこち見て回って、疲れたみたい」

園子がそう言って笑った。

「すみません。はしゃいで、いろいろ言って困ったでしょう」

「ううん」

首を振り、続ける。

「会話も、段々慣れてきたから。みゆきから〈好き〉〈嫌い〉の手話だけ覚えておけば、後は身振り手振りで何とかなるって言われたけど、ほんとそうだった」

そう言って、〈好き〉と〈嫌い〉の手話をやってみせる。ぎこちなくはあるが、十分通ずるものだった。

「ありがとうございます」

瞳美のために手話を覚えてくれようとしていることに、自然とその言葉が口をついた。

テーブルの上に散らばった紙片が、ふと目に入った。殴り描いたような絵や判読しにくい文字が書かれている。

荒井の視線に気づき、「ああ、ちらかしっぱなしで」と園子がきまり悪そうに片付け始めた。

巧拙《こうせつ》を見るに、瞳美だけではなく園子が描いた絵や文字もあるようだ。

「字を教えてくれていたんですか」

「ううん、ごめんなさいね、余計なこと」

「いえ、家や園でもやっていますから」

全ての授業を手話で行う恵清学園でも、一般の幼稚園・保育園と同様、遊びや生活のなかで文字や数に興味や関心が持てるような環境づくりはしている。

どれだけ文字が書けるかは子供によって異なるが、教室内のホワイトボードに記された日付と曜日、当番の名前などは明らかに園児の手によって書かれたものだった。

瞳美も、最近になってだが、自分の名前や仲のいいお友達の名前、それに「おとうさん」「おかあさん」「おねえちゃん」といった文字を好んで書くようになっていた。読む方の語彙《ごい》はそれ以上にあるだろう。

だが、とふと疑問に思う。

園子はこれらの「指文字」は知らないはずだ。どうやって文字を教えていたのだろう……？


長澤トキ子からＬＩＮＥ動画が届いたのは、数日後のことだった。

彼女とは、先日会った時に連絡先を交換し合っていた。もちろん普段は、派遣通訳の依頼を受けた相手と個人的な連絡先を交換することはない。しかしトキ子とはそもそも七年前の出会いがあり、その時に母の古い知り合いであることが分かっている。ここは〈顔を変えて〉個人的な付き合いをしても問題ないと判断したのだった。

この〈顔を変える〉というのは、正確には手話かどうかは分からないが両親が昔よく使っていて、頭（や顔）を摑む恰好をして、別の頭（や顔）に入れ替える、という表現をする。

適切な日本語にするのは難しいが、「立場を変える」というような意味合いだろうか。この場合は、通訳者から個人的な知り合いという立場に変える、ということだ。

荒井としては携帯のメールアドレスでも教えてもらえればと思ったのだが、トキ子は高齢者用に特化したスマホを持っており、ＬＩＮＥも使っているということで、荒井などよりよほど進んでいたのだった。

着信があって、トキ子のトーク画面を開くと、静止した画像が貼り付いていた。何だか分からないが画像をタップしてみると、トキ子の手と表情が動き出した。手話動画だったのだ。

〈やあ、この前はありがとう、助かったよ。文字打つの苦手なんで動画を送るよ。便利だろう？知り合いの手話通訳者から教わったんだ〉

そう言ってトキ子が笑う。たしかに便利だが。まさかＬＩＮＥにこんな方法があるとは知らず、ますますトキ子の進歩振りに驚くことになった。

〈最近いろいろ物を片づけてるんだが、その中に、あんたに渡したいもんが出てきてな。送ってもいいが他にもちょっと用件があるから、ついでの時にでも一度うちに寄らんか。こっちはいつでもヒマだから〉

そこで、動画は終わっていた。

渡したいもの、とは何だろう。

それを尋ねるために返事を打とうとして、トキ子の静止画像が目に入った。

彼女もおそらく、同じぐらいの年齢のろう者同様、「書記日本語」をあまり得意としていないのだろう。トキ子のような年配者がＬＩＮＥの機能に精通していることに驚いたが、苦手な日本語を使うより、自分の言語である手話で会話をしたいという思いゆえに、頑張って覚えたに違いない。

コロナ禍で、特に高齢者は外出を控えるようになっている。この前のような用件でもなければ普段、人と接することもないのではないか。特に日本手話で自由にしゃべり合えるような相手とは。

渡したいものとは口実で、単に「誰かと会ってしゃべりたい」のかもしれない。

いつかＬＩＮＥで会話をした益岡のことを想起した。

——手話ができる職員がいないのが不便だけどな。

施設の中で誰とも会話をできず寂しそうにしている益岡の姿を思い浮かべた時、ふいに母のことを思い出した。

亡くなってもう七年ほどになるが、荒井の母は晩年を施設で過ごした。重い認知症を患い、最後の一、二年は面会に行っても荒井のことを自分の息子であると分かっていなかった。

それでも荒井が手話で話しかけると、それまで生気のなかった顔が変化し、生き生きとした表情で、手を動かして応えたものだった。

〈親切にありがとう。知らない人なのに〉

今でも、ニコニコしながら自分に向けてそう告げた、母の手話が脳裏に焼き付いて離れなかった。

一人暮らしのトキ子は、施設にいた母や益岡以上に寂しい時間を過ごしているに違いない。

——こっちはいつでもヒマだから。

ここは用件を訊くなどという無粋なことはせず、素直に誘いに乗るべきではないか、と思った。同じ県内でもあり、一対一で、互いにきちんと感染防止対策をした上であればリスクも最小限に抑えられるだろう。

夕食前に、美和にトキ子から送られたＬＩＮＥの画面を見せ、同じ方法で返事を出すにはどうすればいいか尋ねた。

「ああ、なるほどね～、ＬＩＮＥのビデオ通話っていうのは知ってたけど、こういう使い方は知らなかった。おばあちゃんなんでしょ、すごいね」

　美和も感心しながら、やり方を教えてくれた。

「まず自分で手話を自撮《じど》りして、それをＬＩＮＥに貼り付ければいいだけ。簡単よ。慣れれば誰でもできる」

　そう言われても、まず「自撮り」などしたことがない。

「じゃあ最初だけ撮ってあげるけど、次からは自分でやってよね」

　ブツブツ言いながら、美和がタブレットを構える。

　かなり照れ臭かったが、それに向かって手話で語り掛けた。

〈こんにちは。この前はお疲れさまでした。平日の日中だったら時間がとれますので、来週のどこかで都合のいい日があれば教えてください。食事をすませてから、早めの午後といった時間はいかがでしょうか。住所を教えてもらえれば直接伺います。お返事お待ちしています〉

　荒井の手話が終わったのと同時に、美和がタブレットのボタンを押し、こちらに画面を向けてくる。

「今の画面を相手に送るには、いつものようにトーク画面にして、文字を打つ代わりにここの画像ボタンを押して、画像や動画を選択するの。ね、これがそう。で送信ボタンを押せば」

　今撮った動画の静止画像が貼り付いた。

「これで送られたのか」

「そう、便利でしょ」

　確かに、便利だった。

トキ子との予定を来週にしたのは、今週はフェロウシップの新藤からの依頼のために予定を開けておいてほしいと言われていたからだった。

接見前の打ち合わせの席で、〈証人探しは、私が何とかします〉と力強く応えた新藤は、言葉通り郁美のろう学校の同級生たちにかたっぱしから連絡を取り、現在都内に住む者のうち、話をしてもいいと返答のあった数人を集めていた。

彼らからの聞き取りの際、通訳として同席してほしいと頼まれたのだ。

予定にはみゆきの週休日を当てていたのだが、前日になって、突然彼女が出勤になってしまった。美和も通塾日に当たり、瞳美の世話は頼めない。結局のところ、今回もまた園子の世話になることになってしまった。

「ではすみませんが、よろしくお願いします」

フェロウシップに行く前に、園子の家まで瞳美を送った。

「こっちは大丈夫だからゆっくりしておいで」

〈おとうさん、いってらっしゃ〜い〉

園子の家で過ごすことにもすっかり慣れた様子の瞳美は、祖母と並んで屈託なく手を振って荒井のことを見送った。

園子の厚意に甘えてばかりで申し訳ないと思いながらも、仕事に向けて気持ちを切り替え、都心へと向かう電車に乗った。

フェロウシップの会議室には、四人のろう者たちが集まっていた。

みな、郁美と同じ年だ。女性が三名。男性が一名。同じろう学校の同級生といっても、聴こえの程度や使う手話はバラバラだった。中途失聴の者もいれば、難聴でも中程度の者、郁美のように全ろうに近い者もいた。

手話は、いわゆる「中間型」を使う者が多く、荒井には見慣れない手話を使う者もいたが、前後の文脈で何とかその意味を理解することができた。

これだけ多様な生徒たちを同じ教室に集めて、教師たちは普段から授業を行っているのか。荒井は改めてそのことに思いを馳《は》せた。

そこでは一体、どんな「言葉」が使われているのだろうか――。

自己紹介が終わると、新藤からの質問が始まった。

みな、もちろん事件のことは知っていて、〈びっくりした〉と口を揃えていた。

「そんなことをするような子には見えなかったっていうことかしら」

新藤の言葉を、荒井が日本手話で通訳をする。

〈見えない見えない〉

〈どっちかっていうと大人しい子だったから〉

〈お母さんに逆らうこと自体が考えられないよね〉

〈お母さんの言うなりだったしね〉

「お母さんは厳しい人だったのかな」新藤が訊く。

〈厳しいっていうか……強引？〉

〈とにかくお母さんの言うことは絶対よね。家じゃ手話禁止だったらしいし〉

最初のうちは、どこまで話していいか互いに様子を見合っているような雰囲気があったが、次第に彼らの手と顔が活発に動き出した。

〈お母さんは手話分からないからね。うちも、禁止ってわけじゃないけどほとんど使わなかったから〉

〈私も。その辺は、みんな共通してるよね〉

「家で、手話を使えなかったの？　ここにいるみんなも？」

新藤が、驚いたように尋ねた。

〈使ったって家族は分かんないから。誰も手話使えないもの〉

話を聞くうちに、今日集まった中にはデフ・ファミリーの者はおらず、郁美を含めて「自分以外の家族はみな聴者」という共通項があることが分かった。

それ自体は不思議はない。そもそも、ろう児の親の多数は聴者と言われている。加えて、より近い環境の者同士親しくなりやすい、という側面もあるだろう。

「じゃあ、家ではどうやって会話してるの？」

〈会話なんてないよ〉

男の同級生がそう言って苦笑した。他のみなもつられたように笑う。どことなく自虐的な笑みだ。

〈そうそう、会話なんてない。家では一人ぼっち〉

〈で、学校行くと手話でばーっとしゃべる〉

「学校では手話は禁止じゃないのね」

新藤が少し安心したように言った。

〈授業ではあんまり使わないけどね。使う先生もいるけど、声付きで分かりにくい〉

〈休み時間とか、放課後とか、生徒同士の時は手話〉

「じゃあ郁美さんも、みんなとは手話で会話してたのね」

〈そう。彼女、高等部からだったから最初は全然話せなかったけど〉

〈でもすぐに上手くなったよね。卒業する頃にはみんなと同じぐらいに話せるようになってた〉

「卒業した後はどうだったのかな。派遣でいろいろ仕事してたみたいだけど、職場ではやっぱり手話は使えなかったのかしら」

〈そうじゃない？　去年会ったけど、久しぶりに手話で話せるってすっごく嬉しそうだったから〉

女の友達の一人が言った。

「去年会ったの？　いつ頃？」

新藤が勢い込んで尋ねる。

〈コロナが流行するちょっと前だから。十二月かな〉

昨年の十二月であれば、まだ勤めており、母親とも同居していなかった頃だ。

「郁美さん、どんな様子だった？」

〈べつに。普通だったよ〉

「何か悩みとか抱えてる感じはなかった？　仕事のこととか、家族のこととか、友人関係とか」

〈全然。コミュニケーションにはちょっと困るけど、仕事自体はやりがいもあるし、一人暮らしは気楽でいいって言ってた。それが一番じゃなかったのかな。お母さんから解放されて〉

〈それだね。私も家出たい！〉

〈家族といてもしょうがないもんね。会話はないし。それでいて、何かあるとうるさく言うし〉

再び、その話に戻った。家族との会話がない――。

新藤も、やはりそこが気になったようだ。

「会話がないっても、全く話をしないわけじゃないわよね。向こうが手話が全然分からないとしたら、口話になるの？」

〈そう、こっちは相手の口を読み取って、相手は私の声を聞き取る、っていうやり方〉

「それで、通じる？」

〈半分ぐらいいかな？〉

〈いかないいんじゃない〉

〈いかないよねー〉

みなが同調する。

〈簡単な話なら何とか分かるけど、難しい話になると読み取れなくなるから。少しは読み取れても、ところどころ分からなくなったり、口元をじっと見つめているのがしんどくなって聞き流しちゃうこともある〉

〈こっちも発音が下手だから、聞きなれた家族でも言っていることが分からないことも多いしね。だから、お互いに深い話をするのが難しいの。私なんか中学生の時ぐらいからかな？　お互いにイエスかノーかで答えられるような簡単な質問しかしないようになったもの〉

〈分かるー。おはよう、おやすみ、おなかすいた？　ご飯だよ。お風呂わいたよ。旅行楽しかった？　ぐらいだよね〉

〈そうそう〉

次から次へと、全員が語りだした。

〈でも私以外の兄弟は、両親とずーっと色々としゃべってるでしょ。すごく仲がよくて、少なくとも私にはそう見えて、羨《うらや》ましかった。親は「そんなつもりはない」って言うと思うけど、自分

だけがみんなから距離を置かれているみたいな感覚〉

〈しょうがないよな、聴こえないんだから〉

〈うん、そう割り切ってはいるけどさ、そういうことがずっと積み重なると、「家族であって家族ではないみたいな感覚」になっちゃうよね〉

〈一対一で話す時には、こっちの言うことはなんとか分かるみたいだけど、向こうの言うことは半分ぐらいは勘だよね。前後の話の流れで想像する感じ〉

〈私、家族の会話ってのが全然ついていけない。みんなてんでバラバラにしゃべるじゃない？　話してる人の口元見なきゃいけないんだけど、あっちこっちで話されるともうついていけない〉

「でも何か大事な話をしている場合もあるわけじゃない？　そういう時はどうするの？」

新藤が訊く。

〈しょうがないから、後でお母さんとかに訊く。でもそれも嫌がられるっていうか、面倒くさがられるから、段々訊かなくなったかな〉

〈家族の会話の時はもう参加するのは諦めてテレビとか観てた。テレビも字幕がないとほとんど分かんないんだけど。観てるフリ？　そしたら「みんなで話してるのに何でひとりテレビ観てるの！」って怒られたりして。理不尽〉

乾いた笑い声を上げる。

〈もうそれが当たり前になっちゃって、深く考えないようになったけど……〉

もう一人が言った。

〈家族との会話に入れなくて、面白くないから、高校の時からみんなと一緒に食べるのをやめて一人で食べるようになったな。大学に入ってからは家に帰らず夜遊びばっかりしていた。私一人、しまった。


〈家族であって家族じゃなかったみたい〉

そう言ってから付け加える。

〈今でもそんな感じ〉

みな同じような体験をしているのだろう。しんみりとしてしまって誰の手も動かなくなってしまった。

「郁美さんとお母さんの関係って、知ってる人はいるかな」

新藤が質問を変えた。

「さっき、お母さんには逆らえないって言ってたけど、仲はあまり良くなかったのかしら」

〈仲がいいとか悪いとかじゃないでしょ。郁美のところは特に、母一人子一人だったから〉

〈お母さんが絶対よね。それまで女手一つで育ててきたんだから、ってやつ〉

〈お母さんが何か一方的に言って、郁美は黙ってそれに従うって感じじゃない?〉

〈うちなんかよりももっと話が通じてなかったのは確かね〉

〈早く家を出たい、一人暮らししたいって言ってたもんね〉

〈で、独立できて喜んでたのにねー、コロナのせいよね〉

〈ほんと、可哀そう〉

最後は再びしんみりして、聞き取りは終わった。

「元々の母子関係に原因がある、というのは間違いないようですね」

帰り道で、新藤がそう言った。

「そうですね……」

それにしても、だ。疑問は、やはり残る。

包丁で刺す、というのは余程のことだ。そこまでの怒りにかられるどんな出来事があったのか。

母親は郁美に、何を言ったのか。

いやそもそも、二人のコミュニケーションは本当に成立していたのだろうか。

今日、聞いた言葉の一つが、頭に焼き付いて離れなかった。

私一人、家族であって家族じゃなかったみたい。

今でもそんな感じ。

第六章　家　族

トキ子の家を訪問する日は、みゆきの休みに合わせることにした。

「今度は大丈夫だから」

みゆきがそう言うので園子には頼まず、送り迎えも含めて瞳美の面倒をみるのは一日彼女に任せた。

トキ子が一人で暮らすアパートは、飯能市の中でも青梅《おうめ》市に近い区域にあり、最寄り駅からバスに乗って二十分ほどもかかる場所だった。

教えられたバス停で降り、地図を頼りにアパートを探す。〈目立つからすぐに分かる〉と言われた通り、洒落た戸建てが並ぶ一角に、古ぼけた建物が時代に取り残されたように浮き上がっていた。

「長澤」の表札がかかった一階の部屋の前に立つ。隅の方が剝げた木製のドアの横に、後から取り付けたことがはっきり分かるボタンがついていた。「光るチャイム」だろう。ろう者にはチャイムやノックの音が聴こえない。そのため、外のボタンを押すと室内のフラッシュランプが点滅し来客を教えてくれる特製チャイムを設置する必要があるのだ。

ボタンを押すと、しばらくしてドアが開き、トキ子が顔を出した。

〈こんにちは〉

荒井が挨拶をすると、トキ子は顎だけを動かし、中へ促した。

玄関を上がるとすぐにまたドアがあり、手前がトイレ、その奥がリビングになっていた。縦に長い1ＬＫで、襖《ふすま》で隔てられたそのまた奥の部屋を寝室として使っているようだった。

夏だというのに、部屋の真ん中にコタツがある。ガンガンに効いているエアコンとの取り合わせがチグハグで、戸惑いながらも促されるままコタツに足を入れた。

トキ子はキッチンへ行き、飲み物の支度《したく》をしている。背を向けているので〈どうぞお構いなく〉という言葉も掛けられない。そのまま黙ってトキ子が戻ってくるのを待った。

部屋の中を見回す。

六畳ほどの空間にごちゃごちゃと物が置かれていた。フラッシュランプの他にも、聴覚障害者にはいまだ必需品であるファックスもある。

タンスの上に飾られた写真には、壮年の男性が映っていた。おそらくトキ子の夫だろう。

遺産協議の際に、兄が彼女のことを「一人暮らしで他に家族もいない」と言っていたが、家族構成については本人からはまだ聞かされていなかった。

トキ子がグラスに入った麦茶を運んできて、荒井の前に置き、自分も腰を下ろした。礼を言い、マスクをずらして麦茶を口に運ぶ。

〈言った通り、迷わんかったろう〉

トキ子が言った。

〈はい。こちらは、もう長いんですか？〉

〈そうだな、十年ぐらいになるか。それまでは市営に住んでおったんだが〉

トキ子もマスクをずらすと麦茶を一口すすり、

〈亭主が死んだんでな。いろいろあってこっちに引っ越してきたんだ。初めは暮らしにくい部屋と思ったけど、まあどこでも住めば都よ〉

マスク越しにも笑みを浮かべたのが分かった。

それからずっと一人暮らし。ということはやはり子供はいないのか。そう推測したが、尋ねるのは何となく憚《はばか》られた。

話の接《つ》ぎ穂《ほ》を探そうと、再び室内を見回した。賞状があるのが目に留まった。何かの資格の合格証のようだ。

〈あれは、長澤さんの賞状ですか?〉

〈ああ、あれな〉

トキ子が素っ気なく答える。

〈「婦人子供服製造技能士《ふじんこどもふくせいぞうぎのうし》」の合格証書だ。一級だけどな。ずいぶん昔に取ったものだ〉

見慣れない手話に、訊き返した。

〈洋服の技能士の資格ですか?〉

〈ああ、一応、国家資格になってる。そんなもんなくても洋裁の仕事はできるけどな。人に勧められて、少しは箔《はく》が付くかととったんだ〉

〈洋裁のお仕事をされていたんですか〉

改めて、トキ子の姿を見返した。そう言えば、いつも年齢の割にどことなく洒落た、個性的な服装をしていた。それらも、自分で縫ったものなのか。

〈もしかして、今でも現役ですか?〉

〈いや、さすがに今はもうやっておらんよ。目も悪くなったし、指先も昔のようには動かんからな〉

〈そうですか……でも長いことやられてたんですね〉

〈そうだな。学校を出てすぐ縫製《ほうせい》工場に勤めたからな〉

〈洋裁の技術は、ろう学校で?〉

トキ子は黙って肯いた。

今でこそ進学する者も多く、就職するにしても進路も様々だから科目も多様だが、昔のろう学校は「手に職をつける」ことが第一とされ、男子だったら理容か木工か印刷、女子は服飾の技術を学ぶ者が多かった。益岡は理容師だったし、荒井の兄の悟志は建具《たてぐ》職人だった。

〈最初は、裁断工《さいだんこう》から始めてな。縫製に比べると単純でつまらんなんていう同僚もおったが、私には面白かった。最初に教えてくれた人が「縫製工場は裁断が命」って言う人でな。私もそう思って真面目に働いた〉

昔を思い出しているのか、目を細くして話を続けた。

〈周りの女工《じょこう》はおしゃべりしながらやるが、わしは話ができんからな。……ああ、ろう学校ではもちろん口話《こうわ》をみっちり教え込まれたが、世間に出たら全然通用しなかった。話も通じないので黙々と作業をしてた。集中力もあったし、仕事も丁寧で上から褒められたよ。それを周りがやっかんで嫌がらせを受けたり、みなが嫌がる仕事を押しつけられたりもしたがな。それでも辞めようと思ったことは一度もない。そこを辞めたら家に帰らなくちゃならんからな。あの家には帰りたくなかった。だから必死に耐えた〉

あの家――。

遺産の分割協議のために、通訳として同行した時のことを思い出す。

広い敷地に建てられた木造の平屋建て。いかにも旧家といった佇《たたず》まいだった。

トキ子の兄の言葉が蘇る。

――オヤジがお前のことを不憫《ふびん》に思っていたことはもちろん知っている。耳の聴こえないお前のことを誰よりも可愛がり……おふくろなどはたぶん、ツンボに産んでしまった自分のことを責めていたのだろう。

大事に育てられたことには違いないのだろう。だがいつまでも庇護下《ひごか》に置いておこうとする親の愛情は、成長とともに重荷となる。

あの家に帰りたくなかった、というトキ子の気持ちは理解ができた。

〈ああ、そうだ〉

トキ子が、思いついたように腰を上げた。

〈ちょうどいいところに来てもらったかもしれんな。気に入るかどうかは分からんが〉

そう言いながら隣室に入って行った。

何のことかと見ていると、横長の大きな紙袋をぶら下げて戻ってきた。

〈良さそうなのがあったらみつくろって持っていってくれんか。あんた、奥さんや女の子供がおるだろう〉

〈何ですか?〉

トキ子は答えず、袋の中に手を入れる。

取り出したのは、女性物の服だった。

〈流行《はや》りすたりもあるが、最近は昔のものが再流行することも多いだろう。そんなに悪いもんで

はないと思うんだが〉

そう言いながら、ハンガーにかかった服を一着ずつ鴨居《かもい》に吊るしていく。

シャツ、ワンピース、カットソー……さまざまなタイプのものがあった。女性服の良し悪《あ》しなど全く分からぬ荒井の目から見ても、丁寧な仕事のされたものであることははっきりと分かった。

トキ子が言うように、特に流行遅れという感じはしない。そのまま店で売られていても何の違和感もないものばかりだった。

〈でもこれは、売り物じゃないんですか？〉

〈いや、注文を受けるのをやめてから趣味みたいに縫っていたものだ。知り合いの娘さんとかにあげたりしてたんだが、この十年ぐらいはもらってくれる者もおらんようになって、溜まってしまってな〉

〈そうなんですか〉

理解はしたが、戸惑った。サイズが合うか分からないし、こういうものをみゆきが気に入るかどうかも分からない。

〈でも、私にはどれがいいか選べないですし……〉

〈気に入らんかったら捨ててもらってかまわんよ。どうせこっちの方で捨てるつもりだったんだ。サイズの合うものだけでも持っていってもらえんか〉

捨てる、と聞けば惜しい気がした。

みゆきが気に入らなかったら、美和の学校のバザーに――今はコロナ禍《か》で開かれていないが、再開したら――出せばいいか、と思った。あるいはどこかに寄付することもできる。トキ子はそういう手立てを知らないか、自分で動くのは面倒なのだろう。

〈分かりました。ではいただいていきます〉

〈そうか、じゃあ選んでくれ〉

〈選べないので、良かったら全部いただいていきますよ〉

〈そうか、それは助かる。私も実は捨てるのは忍びなかったもんでな〉

トキ子は嬉しそうに服を包み始めた。

改めて袋に入れ直してもらったところで、荒井は腰を上げた。

〈ありがとうございます。それでは、私はこの辺で失礼します〉

〈ああ、ちょっと待ってくれ〉

トキ子が慌てたように制する。

〈肝心の用件がまだだ。渡したいもんがあると言ったろう〉

〈え、この服のことじゃないんですか〉

〈そっちは思い付きだ〉トキ子は笑って続けた。

〈渡したいもんは別だ。いろいろ片付けてたら出てきてな〉

トキ子は再び立ち上がり、テレビ台の扉を開けると、ノートサイズの箱を取り出した。

〈これなんだがな……〉

箱のふたを開けると、一見して古いものだと分かる黄ばんだ紙の束が入っていた。

一番上の紙を手に取り、トキ子がこちらに渡してくる。「かがやき」と書かれた文字が見えた。

何かの会報か機関紙のようだった。

〈入間《いるま》に住んでおった頃に入っていたろう者の集まりの会報だ。あんたのおふくろさんの投稿が載っておる〉

母の投稿――。

にわかには信じられなかった。

子供の頃、両親が地域のろう者の協会やサークルに入っており、毎月会報のようなものが届いていたのは知っていた。だが読んだことはないし、ましてや母が「投稿」を？

そもそも、母が長い文章を書いたところなど見たことがなかった。一体母に、会報に寄せるような文章が書けたのか――。

胸の奥に、ザラっとした感触が蘇った。

学校からの知らせや問い合わせへの返事。

母が書いた「てにをは」がめちゃくちゃなそれらの文章を、小学生の頃から荒井が書き直し、提出していた。

今でもその頃抱いた苦い思いが、胸の奥底に残っている。

自分の親がまともに文章も書けない人間だということへの恥ずかしさ。それを恥ずかしいと感じてしまう自分への嫌悪。

それらがない交ぜになった、あの嫌な記憶――。

あの母が、一体どんな文章を書いたというのか。

渡された紙に目を落とす。

B5サイズで数ページの薄い冊子《さつし》だった。日付を見ると、昭和五十三年（一九七八年）四月とある。こんなに古いものをよく取っておいたものだ。

〈実は、同じ号にうちの亭主の投稿も載っておってな。それで取っておいたんだが……〉

トキ子が言い訳するように言った。

〈昔のものが中々捨てられなくて、ご覧の有様だ。そろそろ整理しなくちゃいかんと始めたんだが、そういうものを見つけては読んだりしてしまって中々進まん〉

〈でも、大事にとっておいたものを、私がいただいていいんですか？〉

〈ああ、いいんだ。捨てようと思って整理したものだから〉

もう一度、冊子に目を落とす。手書きのものをコピーしたのだろう。お世辞にも上手とは言えないイラストも添えられていた。

〈分かりました。いただいていきます。ありがとうございます〉

その場でページをめくることはせず、カバンに仕舞《しま》った。トキ子は何も言わなかった。


トキ子の家を辞去し、帰りの電車に乗った。荷物としては何着もの服が入った紙袋が大きいのだが、荒井の中では、カバンに仕舞った薄い冊子の存在の方が重かった。

電車の中で開くのはためらわれた。

夜にでもゆっくり見るか。いや――何となく、読むのが怖いような気がした。

会報の日付。昭和五十三年という年には、嫌な思い出があった。

荒井が十一歳の頃だ。父の肺がんが見つかって、医師から余命を宣告された。その言葉を母に通訳する役目を、小学校五年生だった荒井が担ったのだ。今でもはっきり覚えている。

――もって半年。おそらく今年いっぱいもたないと思います。

冷静に告げる医師のその言葉を、荒井は母に伝えた。母は信じられないという顔で、医師にもう一度確かめるように言った。そしてそれが本当のことだと悟ると、顔を覆ってその場で泣き出した。

荒井は泣けなかった。

しっかりしなければ。自分がしっかりしなければ、とそれだけを思っていた。

暑い時期だったような気がするから、四月より前ということはないはずだ。投稿の内容とその件が関係あるとは思えなかったが、何となく読むのがためらわれた。


トキ子からもらった服は、意外にも好評をもって受け入れられた。

家に帰って袋から取り出し広げたところ、みゆきだけでなく、美和も「え、これかわいい」「着れたらあたしもらう」と手を伸ばしてきたのだ。

ほとんどフリーサイズでみゆきにも美和にも合うものだったため、結果的には二人で奪い合うようにして全部の服がはけた。

「これ、手縫いでしょ。相当手間かけてるわよね。生地も上等なものばかりだし、バザーに出すなんてもったいない」

みゆきに言われ、改めて荒井はトキ子のこれまでのことを思った。十八歳で縫製工場に入り、来る日も来る日も生地の裁断に精を出し、やがてその努力が認められ縫製も任されるようになったのだろう。そして、独立して資格もとり、注文もとれるようになった。

これは、最後にトキ子が、誰が着るでもない、ただ自分がつくりたい服を時間の制限もなくつくったものなのだ。この上ない贅沢な「作品」だ。

その作品を、トキ子は捨てようとしていたのか。

身の回り品の整理――トキ子は、終活を始めているのかもしれない。

そう想像すると、胸が痛くなった。

みゆきが瞳美を寝かしつけ、美和も部屋に引っ込んだ。みなが寝静まってからトキ子から渡された母の投稿に目を通してみようかと思っていたのだが、浴室に向かうと思っていたみゆきがリビングに戻って来る。

「ちょっと話があるんだけど」

そう、硬い表情で切り出した。

「何？」

「……お母さんのことなんだけど」

伏し目がちに言う。

「お母さんに瞳美のお迎えを頼むのはやめようかと思うんだけど、いい？」

「え？」

唐突な話題に返事ができないでいると、彼女は続けた。

「あなたはまた不自由になっちゃうけど。どうしても必要な時には私も何とか都合をつけるようにするから」

「もちろんいいけど。そもそもお義母《かあ》さんには無理を言ってるんだし……」

そう答えはしたが、解せなかった。昨日までそんな話は出ていなかったし、今日は園子とは会っていないはずだ。

「なんで急に？」

尋ねると、みゆきは「お母さんね……」と眉間にしわを寄せた。

「瞳美に『口話』を教えようとしてるみたいなの」

意外な言葉に、絶句した。

いや、言われてみれば、思い当たることはあった。

園子の家に瞳美を迎えに行った時に見た、絵や文字の落書き。あれは、園子が絵や文字を指しながら、その発声の仕方を教えたものだったのだ。

瞳美は、「口話」を知らない。

公立のろう学校では必須であるそれを、恵清学園では一切教えない。家の中でも瞳美に対して声で話しかけたことはなかった。

とはいえ瞳美が、全く発声しない、ということではない。

笑った時、驚いた時、それ以外にも意識せずに声を出すことはある。自分の声は聴こえないため、電車やバスの中で突然大声を出して周りが奇異の目を向けてくることもあった。

しかしそれは、あくまで「無意識」に出した声だ。

「最近、声を出すことが増えたような気はしていたのよ」

みゆきの言葉に肯く。荒井も、気づいていた。

昼寝から目覚めた時に家族が見える範囲にいなかったり、食事の支度などで背を向けていたりした時、「声を出して呼ぶ」ことが増えた。いつの間にか「発声すると家族が気づく」ということを覚えたのだ。瞳美が「意識的に声を出す」のはそういう時だ。

本当は、そんな時にもなるべく反応しない方がいいのかもしれない。しかし、「子供が自分を呼ぶ声」を無視できる親がどれだけいるだろうか。

そうやって自分たちを「声で呼ぶ」機会が、最近何となく多くなってきたのは、荒井も気になってはいた。

「なんか変だと思ってはいたの。そしたら今日」

みゆきはそこで言葉を切った。

何か言おうとして、ためらい、そして再び口を開いた。

「とにかくお母さんが瞳美に『声で話す』ことを教えてるのは間違いない。それだけじゃない、手が込んでるのよ。音と光が連動するおもちゃのピアノってあるでしょう？　どこで調べたのか知らないけど、そんなのも買ってきて、瞳美の前で弾いて聞かせたらしいのよ。そりゃあ興味持つわよね。そんなこと勝手に」

「それ、瞳美が言ったのか？　おもちゃのことも？」

みゆきは首を振った。

「実はもうお母さんには電話したの。瞳美に変なこと教えてるでしょう？って」

「お義母さん、なんて」

「あっさり認めたわよ。非難したら、謝るどころか、『あの子も話したがってるみたいだったから』とか開き直っちゃって。『お口パクパクさせて楽しそうだったよ』なんて」

みゆきがくやしそうに口元を歪《ゆが》めた。

おそらく瞳美は、無邪気に園子の真似をして口を開けたり、声を出したりしていたのだろう。それを見て「おばあちゃん」が喜ぶ。嬉しくて瞳美はなおもそれを続ける。そんな光景が目に浮かぶようだった。

「もう二度と、あんなこと教えないでって言っといたから」

「……そうか」

「だからお母さんのところへはもう預けない。そういうことでいいわよね？」

　みゆきが念を押すように尋ねる。

「……もちろんいいけど」

　最初と同じ答えを繰り返すしかなかった。自分の許可を得る必要もない。自分に話す前に、すでに彼女は母親に電話をし、告げているのだ。

　――もう二度と、あんなこと教えないでって。

「――あんなことって、何だ？」

「え？」

「お義母さんは、瞳美に何を教えたんだ？」

「だから、口話を――」

「それだけでお義母さんにすぐに電話して、そんなきつい言葉を言うはずがない。瞳美は君に向かって、何か『発語』したんだろう？」

　みゆきは黙って荒井のことを見返した。

「瞳美は、何て言ったんだ？」

　荒井を見つめるみゆきの目に、涙がにじんでいた。

「――あー、あーって」

　そう言った途端、彼女の瞳に涙があふれる。

「私に向かって、何度もそう言うの……私がきょとんとしてると、首を傾げて、手話で〈おかあさん、うれしくないの〉って？」

　涙を拭って、みゆきは言った。

「〈そうおくちでいったらおかあさんよろこぶよ、っておばあちゃんがおしえてくれたの。だからいっしょうけんめいれんしゅうしたのに〉って、あの子……」

荒井を見つめ、その言葉を口にした。

「ママ、って言ってたのよ」

絞り出すようにして、続ける。

「ママ、って、そう……私には分からなかった。ごめんねって謝った。分からなくてごめんね、って……。そしたらあの子、もう一度、声を出したの。あーあーって。〈こんどはわかった？〉って」

もうあふれる涙を拭おうともせず、みゆきは言った。

「分かった、って言った。嬉しいわよ、ありがとうって……いけない？　でも、本当に嬉しかった。嬉しかったのよ……いけないって分かってるけど……ごめんなさい、私、嬉しかったのよ……」

いけないわけがない。

自分がいけないなどと、言えるわけがない。
・デフ・ヴォイス。
他人には聞き取れないかもしれない。

変な声だと笑うかもしれない。

しかし、自分たちには分かる。親には。子供には。

あーおーおー。

自分を呼ぶ母親の声。今でも耳に焼き付いて離れない、あの懐かしい声。

みゆきもまた、それを聴いたのだ。

――ママ。

瞳美が、自分をそう呼ぶ声を。

嬉しくないわけがない。

喜んで、いけないわけがない。

しかし、荒井はその言葉を口にできなかった。

みゆきが園子に対して告げたように。

もう二度と、あんなことを教えないで。

そう言わなければいけないのだ。

あの子には、返す自分たちの声は聴こえないのだから――。


翌朝、いつものようにみゆきは出勤して行った。

瞳美の様子は注意して見ていたが、いつもに比べて特に発声が多いという気はしなかった。もちろん、みゆきに向かって「発語」することもなかった。

昨晩、あの後みゆきは、

「瞳美には、嬉しいけど、手話の方がもっと嬉しいから、もう『声』で話さなくていいからね、ってちゃんと伝えた。電話ではお母さんも、分かったたって最後には納得してくれた。だからもうこの話はおしまい」

そう言って、普段の彼女に戻った――戻ったように、見えた。

しかし、彼女の耳の奥には、間違いなく今でもその「声」が残っているに違いない。

――ママ。

分かっていながら、みゆき自身が「もうこの話はおしまい」と告げた以上、荒井には何も言えなかった。

園子に瞳美を預けることが難しくなったため、荒井の仕事は、限定的にならざるを得なかった。都や県のセンターには事情を話し、オンライン通訳か、派遣の場合はごく短時間のものしか受けられないことを了承してもらった。

問題は、フェロウシップからの依頼だった。荒井の家の事情は知っているとはいえ、今回の件は代わりのきく派遣通訳とは事情が違う。今さらチームからはずしてくれとは言えなかった。少なくとも公判が始まるまでは仕事をまっとうしたい。そう思っていた矢先に、新藤からLINEでメッセージがきた。

【郁美さんの母親に片貝さんと話を聞きに行くのですが、ご同行お願いできますか。先方の都合で、夜になってしまうのですが】

夜であれば、瞳美の送り迎えには問題ない。家には美和がいるし、時間によってはみゆきも帰宅しているだろう。荒井にとっては、むしろ都合がよかった。

郁美の母親――勝俣智子《さとこ》が暮らすアパートは、都内の西のはずれにあった。

智子はホームヘルパーの仕事をしているということで、仕事が終わった後に自宅を訪ねることになっていた。片貝たちは当初は勤め先の介護事業所を訪ねるつもりだったようだが、智子の方から自宅を指定してきたという。事件のことはすでに公《おおやけ》になっているが、やはり体裁が悪いのだろう。

片貝たちとは、私鉄の最寄り駅で待ち合わせた。

〈母親からは、すでに話は聞いてるんですよね〉

アパートに向かいながら、荒井は尋ねた。

《ええ》

片貝が答える。

《ただ、前の時は傷がまだ痛むということで、短時間しか話を聞けなかったんです。今日はその時よりは時間をとってくれるはずです》

〈裁判には、あまり協力的ではないんですか？〉

今回の智子が置かれた立場は複雑だ。被害者であると同時に、加害者の唯一の親族でもある。通常であれば情状酌量《しゃくりょう》の証人の筆頭になるはずだが。

《そのあたりは曖昧《あいまい》なんです。以前にもお話ししたように「厳罰は望まない」とは言ってくれているんですけど。証人として出廷してくれるかどうかについては、「仕事もあるから」と煮え切らない態度で》

確かに、介護の仕事とあれば多忙を極めているだろう。緊急事態宣言の間も休業できなかったエッセンシャルワーカーの一つでもある。

コロナ禍であっても、介護を必要とされる人たちの事情は変わらない。一方で、感染を恐れて──自分が感染することよりも、相手を感染させてしまうリスクの方が大きい──出勤を控えるヘルパーは少なくないと聞いていた。シフトのやりくりも大変に違いない。

狭い路地の中、よく似たクリーム色の建物が並ぶ一角に、智子の住むアパートはあった。

表札の出ている二階の部屋の前に立ち、チャイムを押すとすぐにドアが開いた。

「こんばんは。ごれんらくした、べんごしのかたがいです」

片貝が音声日本語で言う。中途失聴者であり、ろう学校で「優等生」だった彼は、口話も得意なのだ。

「ああ、どうぞ」

勝俣智子は、そっけなく言うと、中へと促した。

仕事から戻ったばかりらしくまだよそいきの服装だったせいか、柄物のマスクのためか、思ったより若い印象を受けた。郁美の母親とは言っても、年齢はまだ五十歳。考えてみれば荒井より年下なのだ。

二十歳そこそこで郁美を産んだということか。父親についてはあまり話したがらないと片貝は言っていた。分かっているのは、郁美がまだ幼い頃に離婚した、ということぐらいだ。

「スタッフのしんどうと、こちらは、しゅわつうやくしのあらいさんです。ここからはわたしはしゅわにきりかえますので」

片貝に紹介され、荒井は「よろしくお願いします」と頭を下げた。新藤も同様に一礼する。

「ああ、はい」

智子はどうでもよさそうな素振りで、「そちらに」とダイニングテーブルを手で示す。

そこから見える和室を居間として使い、その奥にもう一部屋あるようだった。

換気のためかキッチンの窓が開け放たれていたが、エアコンはついていないため蒸し暑かった。

キッチンに行って飲み物の用意をしている智子に向かって、片貝が手を動かす。

《どうぞお構いなく》

それを荒井が音声日本語にする。

「ええ」

応えながら、智子が四人分の麦茶の入ったグラスを運んできて、テーブルの前に座った。みなマスク着用の上、適度に距離をとっていた。
《お疲れのところすみません》
挨拶代わりの片貝の言葉に、智子が「本当に疲れてるんで、手短にお願いしますね」と真顔で返してくる。
「本当はお断りしたかったんですけど、娘の弁護士さんですからねえ。仕方なく」
《すみません》
片貝は頭を下げたが、智子の愚痴まじりの言葉は続いた。
「この忙しいのに半月以上休んじゃいましたからね。上からは白い目で見られるし、治療代はかかるしで、踏んだり蹴ったりですよ。とにかく今は文句も言わず働くしかないんですよ」
片貝は、恐縮したような表情で肯いた。
暴行や傷害事件など、第三者の行為による怪我が原因の治療費は、本来は加害者が負担すべきものだが、相手が実の娘とあってはそうもいかない。事業所との雇用関係によっては休業中の収入が補償されない場合もあるに違いない。「踏んだり蹴ったり」という言葉はまさに実感なのだろう。
《分かりました。なるべく手短を心がけます》
片貝の手話を、荒井が音声日本語に通訳をする。
《まずは娘さんがお母さんを刺すに至った経緯を、もう一度お聞かせいただきたいんですが》
「もう何度も話しましたけどね」
智子はうんざりした表情を隠さない。

《申し訳ありませんがもう一度お願いします》

仕方がないという風に智子は話し出した。

「前にも言った通り、あの時は二人で夕食の支度をしてたんですよ。料理は基本的にはあの子の担当でね。私は仕事で疲れてますし、あの子は仕事もせずに家にいるわけですから、別に不思議はないでしょう?」

智子は、窺うようにこちらに目をやってから続けた。

「で、あの日もいつものように調理は任せてたんですけど、念のために味見をしようかと思ってキッチンへ行って、煮物の味見をしたんですよね。そしたらちょっと薄かったんでね、そう言いました。別にきつく言ったわけじゃありませんよ。叱ったわけでもないしね」

智子はそこで、当夜の再現をするように、口にした。

「『ちょっと薄いわね、味足すよ』って」

確かに、さほどきつい言い方ではなかった。

「そう言って、私の方でしょうゆとみりんを足そうとしたんですよ。そしたら何か文句を言ってきたんで、こっちも言い返して。構わずしょうゆを足そうとしたら」

そこで言葉を切って、智子は荒井たちのことを見た。

「――刺されてたってわけです」

《大変恐縮なんですが、キッチンまでご一緒してもらってもいいですか?　当夜の再現をしたいので》

「ええ?」

不満げな声をあげた智子だったが、片貝の懇願するような仕草に、億劫そうに立ち上がった。

智子に続いて、キッチンに行く。

《その時の位置関係は？》

片貝に訊かれ、「娘がそこ」と智子がシンクの調理台の前を指す。

「娘がそこで野菜を切ってて、私がその横の、ガスコンロにかかってた鍋のところに行って……」

言いながらレンジ台の前に立った。

片貝が調理台の前に立って、包丁で何かを切るような仕草をする。

「そう、娘がそこで野菜を切っている時に私が鍋の味見をして……」

《もう一度、さっきみたいに当夜の再現をお願いします》

智子は肯き、片手でスプーンかおたまを動かすような仕草をしながら、片貝の方を見た。

「ちょっと薄いわね、味足すよ」

そう言って鍋に向き直り、調味料を足す真似をする。

《この時、郁美さんはあなたのことを見ていましたか？》

片貝が尋ねた。

質問の意図は分かった。郁美は、聴こえない。もし智子の口元を見ていなかったら、智子の言ったことは伝わっていないのだ。

「最初は見てなかったから、脇腹をつついて、こっちを向いてから言ったわよ。いつもそうしてるから」

《包丁を持っている人の脇腹をつついたんですか》

「つついたって、軽くよ。触る程度」

智子が言い訳するように言う。

《すみません、それも含めてもう一度、正確に再現をお願いします》

「はー」

智子は、これみよがしにため息をついてから、再びレンジ台の前に立った。

片手でスプーンかおたまを動かすような仕草をしながら、

「ちょっと味薄いわね」

そう言って片貝の方を見る。

片貝は、見えない包丁を手に横顔を向けている。智子がその脇腹にちょっとだけ触れる。片貝が気づいて、智子のことを見る。

智子が大きく口を開けて言った。

「ちょっと薄いわね、味足すよ」

そして鍋に向き直り、調味料を足そうとする。

《ここで口論になったんですね？　娘さんは何と？》

「何て言ってるかはよく分かんなかったのよ。まあどうせ文句を言ってるんだろうけど、無視してしょうゆを足そうとしたの」

《娘さんが文句を言っていたというのは、手話ですか、口話でですか？》

智子の顔に、なぜか不快な表情が浮かんだ。

「……どっちだったかしらね、忘れちゃったわよ。どっちにしろ、何て言ったかよく分かんなかったから」

《しかし、声を出していたら聴こえますよね。手話だったら分からないということもあるでしょ

うけど》

片貝が食い下がる。

「いや、声に出しても分かんないのよ」

智子の眉間にしわが寄った。

「あの子、しばらく会わないうちに口話が下手になっちゃって。何言ってるか分かんないの」

《では、普段のコミュニケーションはどうしていたんですか？》

「普段のって……大した話しないもの。別に不自由ないわよ、長年それでやってきたんだし」

《……分かりました。内容ははっきり分からないけど、何か反論をしてきた、ということですね。それに対し、あなたは何と言い返したんですか？》

「何って――」

智子はそこで、言葉に詰まった。

「忘れちゃったわよ。とにかく、構わずしょうゆを足したの」

《その瞬間、娘さんはこの位置からあなたの脇腹を刺した、ということですね》

そう言って片貝が、見えない包丁を智子の脇腹に突き刺した。

一瞬、嫌な顔になった智子だったが、「まあ、そういうことね」と答えた。

《傷の位置などはおっしゃる通りですね。今の動きに間違いはないようです》

「間違いないわよ、この通りなんだから」

智子がブツブツ言いながらリビングに戻っていくのに、荒井たちも続いた。

「もう終わりでいい？」

《すみません、もう少し》

「これ以上話すことなんてないわよ」
《鍋の味見をする前は、どんな会話をしていましたか?》
「会話って……私はこっちでテレビを観ていて、あの子はそっちで料理してたんだから。後ろ向いてるから会話なんてできないでしょ」
確かに、料理の最中は互いに背中合わせになる。「聴こえない」郁美とは会話は成立しない。
《その前に、喧嘩や何か口論していたというようなこともないんですね?》
「もう何度も答えたじゃない。ないわよ。いつも通り、普通の普通」
《それじゃあ、なぜ、郁美さんはあなたをいきなり刺したりしたんでしょう》
「そんなの私が一番教えてほしいわよ!」
突然、智子が大きな声を出した。
「あなたに、娘に包丁で刺された親の気持ちが分かる? 何で。私が一番訊きたいわよ! 女手一つであの子をここまで育てて。誰のおかげで高校まで出してもらえたと思ってるの。それなのに何が頭にきたんだか知らないけど、親のことを刺すなんて! 信じられないわよ!」
《分かりました。話しにくいことをお訊きしてすみませんでした》
片貝が、なだめるように言った。
「じゃあもうこれでいいですか」
立ち上がろうとする智子を、片貝が制する。
《もう少しだけ。事件の時のことはこれぐらいでいいですから、その前のことをもう少し聞かせてください。その日、娘さんはどんな様子だったんでしょうか》
智子がわざとらしくため息をついて、再び腰を下ろす。

「どんな様子って、別に」
《何か悩んでいるとか、いら立っているとか》
「そんなこと、ないわよ」
《その日、娘さんとどんな話を？》
「どんなって、別に。さっきも言ったけど、大して会話なんてしないから」
《それでも、こういう状況です。今のコロナ禍についてとか、失業中の娘さんの将来についてとか、再就職についてとか、そういうお話は少しはするのではないですか？》
「そりゃあ、あの子が帰ってきた時は少しはそういう話もしたけど……」
《郁美さんは何と言ってましたか？》
「え？」
《再就職の可能性についてや、これからのことを》
「何って……そんなの知らないわよ」
《知らない？　今、そういうことについてお話しされたっておっしゃいましたよね？　娘さんが戻られてからすぐの頃は》
「したけど。忘れちゃったわよ、細かい内容なんて……、ねえ、これ何なの！　何だか尋問《じんもん》みたいじゃない。私、被害者なのよ！　一体何なのあんたたち。何で私が責められなくちゃいけないの！」
《あなたを責めたりはしていません》
その言葉を通訳しても、智子は聞く耳を持たなかった。
「してるわよ、してるじゃない」

新藤と荒井の方を向き、捲《ま》くし立《た》てた。
「ねえ、この人、本当に弁護士なの？　耳が聴こえない弁護士なんて聞いたことないんだけど！ちゃんと弁護できるの？　私だってあの子があんまり重い罪にならないようにって、そう思って協力してるのに一体何なのよ。これ以上私に何ができるって言うの。あんまりやいやい言うんなら、裁判にも行かないからね！」

怒りの収まらない智子から追い出されるようにして、荒井たちは部屋を出た。
《すみませんでした、あんなに怒るとは思わなくて》
片貝が二人に詫びた。
〈片貝先生は悪くないですよ〉新藤が慰《なぐさ》め、
〈あのお母さんの反応が過剰なんです。全然責めてなんていないのに、被害妄想もいいとこ。ねえ？〉
と荒井に同意を求めてくる。
《いえ、情状酌量の大事な証人を怒らせるなんて、弁護人失格です》
申し訳なさそうな片貝に、荒井は言った。
〈私には、わざと怒らすような言い方をして『本当のこと』を引き出そうとしているように見えましたが〉
《――バレましたか》
片貝が苦笑を返してくる。
〈え、そうだったんですか〉

新藤が意外という表情になった。

《彼女が、何か隠してるように見えたもので》片貝が答えた。

《本当に事件の時の会話はあれだけだったのか。もっと何かあったんじゃないかと思ったんですけど……ただ怒らせただけでした。大失敗です》

今度は本気でしょげたように言った。

〈でも確かに〉新藤が肯く。〈あの会話だけじゃ、何で刺したのか全然分からないですものねぇ……〉

〈もしかしたら〉

荒井は、先ほどから考えていた疑念を告げた。

〈口話の読み違え、ということはありませんか?〉

新藤が怪訝《けげん》な顔をする。

〈どういうことですか?〉

〈お母さんが言ったことを、郁美さんが読み違えた、という可能性です。お母さんの方は何でもないことを言ったつもりなのに、郁美さんの方がそれをひどい侮辱の言葉と読み違えた、というような〉

《ふむ》

片貝が思案する顔になった。

《お母さんが言ったことをそのまま受け取るならば……「ちょっと薄いわね、味足すよ」という言葉になりますが……》

片貝が新藤の方を見た。

《新藤さん、今の言葉を私に向かって音声日本語で言ってみてください。普通の言い方で構いません》

〈はい〉

新藤が片貝の方を向いて、音声日本語で言う。

「ちょっと薄いわね、味足すよ」

新藤の口元をじっと見ていた片貝だったが、うーん、というように首をひねった。

《何と言ったか知っているからというのもありますが、他にどんな言葉に読み間違えるか、ちょっと思い当たりませんね》

「うすいわよ……あじたすね……」

新藤が、口の動きを確認するようにゆっくりとその言葉を繰り返す。

〈そうですね、思い当たりませんね。荒井さんは何か心当たりが？〉

〈いえ〉

言い出したものの、荒井にも他に間違えるような言葉は思い当たらなかった。

〈やっぱり、他に何か違う言葉を言ったのかもしれませんね〉

〈そうですね、片貝さんが「あなたは何と言い返したんですか？」って訊いた時、お母さんの態度ちょっとおかしかったですもんね〉

《もう一度、郁美さんに訊くしかありませんね》

〈話をしてくれるといいんですけど……〉

《それにはまず、郁美さんが私たちに心を開いてくれないと……》

片貝も新藤も、暗い表情になった。

そう、このままでは次に接見しても同じことだろう。自分が何の役にも立っていないことが歯がゆかった。

彼女たちのことをもっと知らなければ。荒井はそう思った。

第七章　言　葉

八月に入ったところで、ようやく関東地方の梅雨《つゆ》明けが宣言された。

異常とも言えるほど長雨が続いたが、湿度や気温が高くなれば感染力も弱まるのではと期待された新型コロナウイルスの感染拡大は、一向に収まることを知らなかった。

緊急事態宣言が解除されるとともに感染者はまた増え始め、政府による観光需要喚起策であるＧｏ《ゴー》 Ｔｏ《トゥー》トラベルキャンペーンがスタートした七月の後半には、全国で一日に千人近い感染者が出るようになっていた。

それでも首相は、「高い緊張感を持って注視している」というだけで何の手を打つこともなかった。自治体の首長たちも同様だ。緊急事態宣言の影響による経済の落ち込みが予想を超えて深刻なものだったため、市民の活動を抑えるような策をとれないでいるのだった。

梅雨明けと同時に、猛暑がやってきた。

炎天下のマスク着用はかなりの暑苦しさを感じるだけでなく、熱中症のリスクを高めるとも言われた。屋外で周囲に人のいないところではマスクをはずしたり、学校の体育の時間はマスク不着用で行ったり、など状況に応じた対応も求められるようになった。

一方で、「触るとヒンヤリと感じる素材」が謳《うた》い文句のマスクの発売日に多くの人が詰めかけ

「密」の状態を生み出す、といった笑えないケースも生じていた。

美和の学校の夏休みは、予想通りお盆前後の二週間だけ、という短いものになった。

その間、どこかへ出かけるという予定もなかった。感染が拡大していることもあるが、受験生にとっては夏休みも遊んでいる暇などないのだ。学校は休みでも、美和はオンラインで塾の夏期講座を受講していた。

瞳美の通う恵清学園も従来より短めとは言え夏季休暇となり、その間は荒井の外出もままならなくなった。

幸いだったのは裁判所も夏季休廷《かききゅうてい》に入っていたことで、勝俣郁美の公判期日《きじつ》について、片貝は自身の夏季休暇に加え、裁判所から提示された期日候補日について、他の予定があって都合がつかない、とできるだけ後倒しの期日を提示してもらうようにした。その結果、九月中旬まで第一回の公判期日を延ばすことに成功していた。

フェロウシップの代表である手塚瑠美からＬＩＮＥでメッセージがきたのは、そんな頃のことだった。


【お世話になっています。今回の件に関係して、リハセンの冴島先生のもとにお伺いすることになりました。ご都合は合わせますので、荒井さんにも是非ご一緒してもらいたいのですがいかがでしょうか】

リハセンの冴島先生――障害者リハビリテーションセンター内にある学院の手話通訳学科専任教官である冴島素子のことだ。

素子は単なる手話教官の枠を越え、デフ・コミュニティにおいて大きな影響力を持つ存在だった。交友関係もきわめて広く、勝俣郁美の件についても参考になることを聞ける可能性は確かにあった。

　素子ともLINEで繋がってはいたが、ずいぶん長いこと会っていなかった。久しぶりに顔を見たくはあったが、都合のつく日時は限られる。そう返事を出すと、

【私の方は荒井さんに合わせられます。冴島先生も夏休み中でそれほど立てこんではいないはずなので、まずは荒井さんのご都合のいい日時を教えてください】

　と返ってきた。

　そこまで言われては断れない。みゆきの公休の日を確かめ、日時を添えてメッセージを返した。瑠美からの返事は、すぐにきた。

【了解しました。私は大丈夫ですので、早速冴島先生の都合を訊いてみます。ところで荒井さん、「ディナーテーブル症候群」という言葉はご存じですか？】

　ディナーテーブル症候群？

　聞いたことのない言葉だった。

　そう返事をすると、瑠美からインターネットのURL《ユーアールエル》付きのメッセージがきた。

【日本では最近になって知られるようになった言葉なのでご存じなくて当然ですが、先日、荒井さんたちが聞き取りをしてくれた内容と同じものなんです。下記のサイトで概要が読めるので、良かったらお目通しください】

　記されたURLから、そのサイトに飛んだ。

「ろうなび　ろう者が選んだろう・難聴に関する学術情報ポータルサイト」というもので、その新着情報のトップに、「ディナーテーブル症候群」の文字があった。

日本手話による動画があり、その文字起こしとして同じ内容が日本語でも書かれている。その内容を要約すると、こういうものだ。

聴者《ちょうしゃ》の家族の中にろう者が一人だけいる場合、会話の内容が分からなかったり、会話に参加したいのに参加できずに疎外感を覚えたりすることがある。アメリカ人のろう者であるデヴィッド・ミーク氏は、実際にその状況を体験したろう者たちを対象にインタビューをし、その結果を分析した研究論文を発表した。

通常の家族の場合、仕事や学校が終わり帰宅した後、家族で集まり、食事などをしながら会話をする。それらの会話を通し、社会での出来事やそれに対する考え方、社会常識などについて自然に学習することができる。

しかし、聴者の家族の中にろう者が一人だけいる場合は違う。各自にバラバラに話をされると、ろう者は、いくら口話《こうわ》や身振りなどでその内容を理解しようと思っても追い切れず、彼らの話の内容を把握することが困難になる。

このように、ろう者が聴者の家族の会話に十分参加できず、疎外感を覚えている状態を、デヴィッド氏は「ディナーテーブル症候群」と名付け、ろう者たちへのインタビュー、さらにグループ・ディスカッションを行ってその内容を分析した。

その結果明らかになった本質は、「愛情は感じるが、つながっていない」というものだった。

家族みながコミュニケーションをとり、一生懸命育ててくれたことに対しては、愛情や気持ちは伝わっているし、感謝もしている。しかし、会話が分からないことによって、気持ちのつながりや家族のつながりが感じられなくなる、ということだ。

こういった状況をさらに分析すると、「聴者家族とのコミュニケーションや言語から取り残されること」「最近のニュースや出来事への情報アクセスの不足あるいは欠如」「会話を通した帰属意識と家族の中で排除される感覚」「会話から取り残されていたと実感するとき」という四つのテーマに分けることができた。各テーマごとにそれぞれ詳しく述べている。

最後のテーマでは、大人になり、ろう者同士手話で会話をするようになって、多くの情報を得られることを知る。その時初めて、子供の頃は家族の会話に十分参加できていなかったのだと気づくのだ、とされている。

このように、聴者の会話の輪にろう者が一人だけ加わった時の辛い経験は、家の中だけでなく、学校や職場など、様々な場面で見られる。

読み終わって真っ先に思い浮かんだのは、フェロウシップでの聞き取りの際に、郁美の同級生が発した言葉だった。

私一人、家族であって家族じゃなかったみたい。

今でもそんな感じ。

まさに、同じだ――。

ディナーテーブル症候群。

その意味するところが、荒井にはよく分かった。

楽しい夕食の席。テーブルを囲んでの家族の語らいの時間。その中にぽつんと一人だけ、会話から取り残されたろう者の姿がある。

家族であって家族でない。そんな孤独――。

実は荒井もかつて、それに近い感覚を味わったことがある。

聴こえない家族の中で、ただ一人聴こえる存在だった自分。

もちろん音声日本語より先に日本手話を取得した荒井は、彼らの会話に入っていくことができた。それでも、ふいに「孤独」を感じる瞬間があった。

たとえば、屋根を打つ雨の音を聴いたあの時。

幼い頃、安普請《やすぶしん》の家の屋根を打つほどの大雨の日があった。夕食の最中だったが、雨漏りでもするのではと心配になって両親のことを見やった。しかし、父も母も兄も、あずかり知らぬ顔で手話で「談笑」を続けていた。

そうだ、彼らには聴こえないのだ、とふいに思った。不安になるほどのこの雨の音が聴こえているのは、家族の中で自分だけなのだ——。

団らんの中にいながら、いいようのない孤独感に包まれ、幼い荒井は一人その雨の音を聴いていたのだった。

だが、「彼ら」の寂しさは自分の比ではない。

家族の会話から取り残され、話の内容だけでなく家族のことを理解できない。そして自分もまた、家族から理解されていない。そんな深い孤独の中にいるのだ。

ふと、「うち」は大丈夫だろうか、と思う。

聴者の家族の中にろう者が一人だけ——まさしく、瞳美がそのケースだ。

もちろん、彼女にそんな疎外感を味わわせないよう、家族全員、瞳美の前では手話で会話をしている。しかし、家の中で全く音声日本語を使わないでいられる、というわけではない。

瞳美がいない時や、いても彼女には関係のない話をする時には、つい「声」でしゃべってしまうことがあった。

瞳美も、それに気づいている。

はっきりと理解はしていなくても、家族が「自分の分からない言葉で話している」ということを。

彼女がみゆきに対し「発語」をしたというのは、園子にそそのかされたばかりではないのかもしれない。

自分も両親や姉と「同じ言葉」を使いたい。そんな思いが芽生え始めているのだろうか……。

その時に抱いた不安を、みゆきに告げることはしなかった。それでなくとも瞳美の「発語」に動揺している彼女をこれ以上刺激したくはない。

とはいえ、リハセンに行くことを伝えないわけにはいかなかった。瑠美と一緒であることも。

その話を切り出した時、みゆきの顔が曇ったように見えた。

「そう、瑠美さんと……」

一瞬、今でも彼女に対しこだわりがあるのかと邪推した。しかしみゆきは、

「ごめん、私その日、休めないかもしれないの。今担当してる事件がどうしても片付かなくて……」

と申し訳なさそうな顔で続けた。

「……そうか、それじゃあ仕方ないな」

彼女が休めなければ断るしかない。

「ちょっと待ってね……」

みゆきは、しばし考えるように俯《うつむ》いてから、「美和に頼もう」と顔を上げた。

「美和も塾の講座があるだろう」

夏休み中は毎日、オンラインで受講しているのだ。

「家にはいるもの」

「……しかし、受験生だからな……」

「数時間、面倒を見てもらうぐらい平気よ。瞳美も『自習』していれば大人しいから」

春の休校時と同様、恵清学園の自宅学習支援は夏季休暇中も充実していた。瞳美の好きなお絵描き以外にも、自習ツールには事欠かない。「面倒を見てもらう」といってもつきっきりが必要なわけではないのは確かだった。

「あの子には私から頼むから」

「いや、それなら俺から頼む」荒井は答えた。「俺の都合だからな」

「そう？」

「ああ」肯いて、立ち上がる。「まだ起きてるよな」

ここのところ、夜中まで勉強をしている様子だった。この時間ならまだ机に向かっているはずだ。

頼むなら早い方がいいと、美和の部屋に向かった。


「別にいいよ。行ってくれば」

事情を説明すると、美和はあっさり了解した。

「そうか？　なるべく早く帰ってくるようにするし、瞳美には勉強の邪魔をしないように言っておくけど……」

「大丈夫だよ、たまには息抜きでひーちゃんと遊んだりするから」

「――そうか」

無理をしている様子もなかったので、その言葉を素直に受け取ることにした。

「じゃあ、悪いけど頼むな」

出て行こうとした時、

「あのさ」

背後から呼び止められた。

「うん？」

振り返ると、美和が「えーと、ちょっと訊きたいことっていうか……」と口ごもる。

「何？」

「うん……」

わざわざ呼び止めておきながら、話を切り出しにくそうな表情だった。

ふと思いつき、〈何？〉と手話で尋ねた。

小学生の頃の美和は、口に出しにくいことは手話にすると話しやすかったことを思い出したのだ。

美和の表情がふっと緩んだ。

その手が動く。

〈急に変なことを訊くようだけど〉

〈ああ、何〉

〈アラチャンはさ……あたしのお父さんと会ったことあるのよね〉

思いもしなかった言葉に、一瞬返事ができなかった。

何とか平静を取り戻して、〈ああ〉と肯く。

〈ほんの少しだけどな。もうずいぶん昔に〉

〈……どんな人？〉

〈どんなって……本当にちょっと会っただけだから、よく分からないな〉

〈そう〉

美和の父親――つまりみゆきの元夫である米原《よねはら》という男は、元警察官だった。今は警察は辞めたらしいが、かつてはみゆきと狭山《さやま》署勤務時代の同僚で、荒井も一時期同じ職場で働いていたことがあった。

だが、話したことはほんの数回で、「よく分からない」というのは嘘ではなかった。

〈……あたし、全然覚えてないんだけどさ。この前、友達とちょっとそういう話になって〉

荒井の知る限り、美和がその男のことを口にしたことは今まで一度もなかった。とはいえ「友達」とそういう話をすることは、自然なことなのかもしれない。

みゆきと正式に籍を入れるのが決まった時、娘に「父親」のことをどう話しているのか尋ねたことがあった。

「そんなに詳しくは話してない。今は連絡もつかないし。でももし将来、美和が会いたいと思う時がきたら、会えるように努力はする、とは言ってある」

それに対し美和は「べつにいい」と答えたという。だが、それはまだ彼女が小学校低学年の時だ。成長していけば考えが変わってても不思議はなかった。

荒井は言った。〈知りたければ、お母さんに訊けば――〉

〈ううん、そうじゃないの。ただ友達とその話をしてて、ちょっと思い出したことがあって〉

美和は特に深刻な面持ちでもなく、続けた。

〈お母さんたちが離婚したのって、あたしが二歳の頃でしょ。それから一度も会ったことないよね？〉

〈……そうだな〉

実際は、一度だけ会ったことがあるのだ。

美和が五歳の頃――。その場には、実は荒井もいたのだった。

〈ただね、なんか一つだけ覚えてることがあって。ううん、本当にそんなことがあったのかも分かんないんだけど、あったとしたらあたしが四歳とか五歳の頃だと思うんだけど〉

ハッとした。もしかして覚えているのか、あの時のことを。

美和は、

〈誰か知らない男の人に、連れ去られそうになった記憶があるの〉

と言った。

〈その男に抱きかかえられて、走って逃げて。あたしは助けてって叫んでるんだけど〉

美和は、遠い記憶を探るようにゆっくりと話した。

〈そしたら、別の男の人が追いかけてきて、その男からあたしを奪い返して、助けてくれるの〉

美和はふっと笑みを浮かべた。

〈その人がね、何となくお父さんだったんじゃないかなあ、なんて〉

そう言って、荒井のことを見た。

〈アラチャン知らないよね？　本当にそんなことがあったか、なんて〉

〈……ああ、知らないな〉

〈そうよね……ごめんね、変なこと訊いて〉

〈いや〉荒井は言った。〈もしお父さんに会いたいのなら、お母さんに――〉

「ううん、そうじゃないの」

美和は、音声日本語に切り替えて言った。

「そのことだけ一度アラチャンに訊いてみたいと思っただけだから。きっと夢でも見たんだよね。もういいから」

「……そうか」

「このこと、お母さんには言わないでね、余計な心配するから」

「……分かった」

そう答えて、部屋を出た。

美和が話したことは、夢ではない。実際にあったことだ。

あの時、確かに美和は米原と――実の父親と会っている。

彼女の記憶と違っているのは、美和を抱きかかえて連れ去ろうとした男が米原であり、追いかけて奪い返したのが荒井である、ということだった。

あの時自分がしたことは決して許されないことであり、みゆきにも美和にもいくら詫びても詫びきれないことだと、自覚していた。

だから彼女がはっきりと覚えていないことに、安堵《あんど》感はあった。

その一方で、相手を取り違えていることに、一抹の寂しさも覚えたのだった。

〈じゃあ、行ってくるな〉

当日――。支度《したく》を終え、リビングにいる美和と瞳美に、そう告げた。

〈行ってらっしゃい〉

美和は、何でもないことのように応えた。瞳美も〈いってらっしゃ～い〉と屈託がない。

〈お姉ちゃんと一緒に、お留守番よろしくね〉

〈うん！〉

両親ともに不在という経験はあまりなかったが、姉がいてくれれば不安はないのだろう。邪気のないまま勉強の妨《さまた》げをしてしまうと困るのだが、何度もそう言い聞かせるのも可哀そうに思え、念を押すことはしなかった。

少し後ろ髪を引かれる思いで、家を出た。

瑠美とは、リハセンの最寄り駅の構内にあるカフェで待ち合わせをしていた。

約束の時間の五分ほど前にホームの階段を降りて行くと、ガラス越しの店内に、すでに座っている彼女の姿が見えた。

瑠美と会うのも、一年振りだった。

どこか雰囲気が違うと感じながら近づいていく途中で、髪を切ったのだ、と気づいた。

以前は、長い髪を無造作に頭の後ろで束ねていた。ほどけば背中の中ほどぐらいまで届きそうだったその髪を、肩にかからぬほどにカットしていた。

「いらっしゃいませ」

声を掛けてくる店員に連れがいることを示し、瑠美のテーブルに近づいた。気づいた彼女が立ち上がって迎える。

二人同時に、両手の甲の方を合わせてから左右に引き離した（＝久しぶり）。

マスクをしていても、瑠美の顔に大きな笑みが浮かんでいるのが分かった。

腰掛け、向かい合ったところで、

「お元気そうで何よりです」

と瑠美が言った。

「瑠美さんも」

「はい、おかげさまで何とか」

目を細め、小さく肯く。

「皆さんもお変わりありませんか？」

「ええ、妻も、娘たちも。そちらのご家族も――」

尋ねかけて、気づいた。

「幸子《さちこ》さんは、もう？」

「はい」

瑠美が肯き、答える。

「今年の二月に仮釈放されました。今はうちの『寮』に」

「そうですか、それは、おめでとうございます」

荒井が小さく頭を下げると、瑠美も「ありがとうございます」とお辞儀を返した。

確か刑期は十年。満期まで一年余りを残しての仮釈放か。

以前、新藤からそのことを聞いた時にも月日の経つ早さに驚いたが、改めて時の流れに思いを駆《は》せる。

本当に、いろいろなことがあった。

瑠美の結婚と離婚。荒井の母の死。荒井の結婚と、みゆきの出産。

生まれた子は四歳になり、あの頃まだ未就学児童だった美和が、もう高校受験生だ——。

自然に、手が動いた。

〈本当に、良かったですね〉

瑠美も、手話で返す。

〈ええ。ようやく、家族が揃いました〉

家族——実は彼女には、二つの家族がある。

瑠美の実親で、ろう者である門奈哲郎《もんなてつろう》・清美《きよみ》。養子に入った先の手塚総一郎《てづかそういちろう》・美ど里《みどり》夫妻。双方の「親」とも健在であることは聞いていた。

そして、やはりろう者で、実姉である幸子が帰ってきた。

彼女の生涯の中で初めて「家族全員が揃った」幸せを、今、噛みしめているに違いない。

荒井が瑠美の事情に詳しいのは、幸子が服役することになった九年前の事件に関わっていたゆえだった。だが、瑠美との「出会い」はその時ではない。

さらにさかのぼること十七年前。

まだ十歳だった彼女に、荒井は一度だけ会っているのだった。

——おじさんは、私たちの味方？　それとも敵？

自分に向けられた手話と、射るような少女の視線——。

目の前にある穏やかな表情の中に、その面影を見出すことは難しい。

だが荒井は、その時の少女の言葉を忘れたことはなかった。
おそらく彼女――瑠美自身も。

カフェを出て、リハセンまで歩いた。

外の陽射しは強かったが、通り道の並木が日を避けてくれ、さほどの暑さは感じなかった。

正門を通り過ぎ、南門を抜けてすぐの学院棟に入る。エレベータで五階まで上がった。夏休み中とあって、廊下にも開け放しの教室の中にも、学生らしき姿はなかった。

ここに通う者たちは、卒業後に難関の手話通訳技能認定試験に挑むことになっているのだが、今年はコロナ禍《か》のため、九月に予定されている試験も実施が危ぶまれていると聞いていた。

教官室のドアは、いつものように開け放しだった。ここでは、ノックはもちろん、入室前に「失礼します」などとことわる必要もない。

入るとすぐ正面に、三十代ぐらいの女性と距離をとって立ち話をしている素子の姿が見えた。ポロシャツ姿は相変わらず若々しいが、すでに定年を過ぎ今は嘱託《しょくたく》として勤務しているはずだ。

こちらに顔を向けていた女性の方が気づき、会釈《えしゃく》をしてくる。荒井が会釈を返したところで素子が振り返り、手のひらの親指側を額の辺りに置いてから、前へ出した（＝やあ）。

荒井も瑠美も、同じ挨拶を、少し肩を丸め、体をかがめ気味にして返した。

素子が、手前の応接スペースを指した。女性が素子に一礼して入口に向かってくる。荒井たちがスペースを開けようと体をずらしたところで、素子が、

〈ああ、そちら、手話通訳士の神野《じんの》さん。ここの卒業生なの〉

と紹介した。

〈初めまして〉

荒井が挨拶をすると、女性も、

〈初めまして。神野真美《まみ》と言います。荒井さんのお話は、冴島先生からよくお聞きしています。お会いできて嬉しいです。どうぞよろしくお願いいたします〉

と丁寧な日本手話で言った。

〈そうですか、どうぞよろしくお願いいたします〉

神野の視線が瑠美の方に動く。

〈手塚さん、ご無沙汰しています〉

〈こちらこそ。その節はお世話になりました〉

〈いえこちらこそ。では失礼いたします〉

二人に向かって頭を下げ、神野は去って行った。

〈瑠美さんは、彼女のこと知ってたのね〉

素子が応接スペースに向かいながら言った。

〈ええ、以前、民事裁判の時に通訳を〉

〈そうだったわね〉

素子は肯くと、さりげなく言った。

〈彼女、勝俣郁美さんの公判の法廷通訳人に任命されたようね〉

ソファに座り掛けようとして、思わず素子を見返す。素子が続けた。

〈もちろん本人が言ったわけじゃないけど。郁美さんの卒業したろう学校で使うスクールサインについて訊きにきたから〉

〈スクールサイン、ですか〉

意外な言葉に、訊き返した。

各地のろう学校には、その学校でしか使われない手話――スクールサインがある、ということは知っていた。代々受け継がれているものもあるし、更新されていくものもある。

郁美のろう学校時代の同級生たちに聞き取りをした時のことを思い出す。いくつか見慣れない手話があったが、あれがスクールサインだったのか。

〈冴島先生、ご存じなんですか？　勝俣郁美が通っていた学校のスクールサインを〉

尋ねると、素子は何でもないように答えた。

〈私、彼女と同じろう学校卒だもの〉

そうだったのか――。

考えてみれば、荒井が十代の頃からの知り合いとは言え、素子の家族構成や出身地などについてはまるで知らなかった。

〈そこまで調べるとはさすが神野さんですね〉

瑠美が言った。

〈彼女が法廷通訳人なら安心です〉

荒井も同じように思った。ここの卒業生であれば手話技術に間違いはない。加えて、被告人の使う手話についての下準備も怠らないとあれば、なお信頼がおける。

〈まあ座りましょう〉

素子に促され、応接スペースのソファに座った。

〈今日は、「ディナーテーブル症候群」についてよね〉

前置きなしでいきなり本題に入るのは素子の常のことだった。

〈私が説明するより、実際に読んでもらった方が早いと思う〉

彼女はそう言って、手にしていたファイルを寄越してきた。

〈何ですか〉

問うと、素子が答えた。

〈デヴィッドの論文を読んでね。うちの方でもリサーチしたの。ちょうどその結果が出たところ。結構な数が集まったわよ。とにかく読んでごらんなさい〉

促され、瑠美と二人、ファイルをめくった。

「ディナーテーブル症候群」についてのリサーチ結果

一行目に記された文字はそっけないものだったが、そこからは、言葉の洪水だった。

・家族と会話が通じないから、せめて母だけでも指文字を覚えてほしいと思ってお願いしたけど、「指文字や手話を使うと、あなたが発音が下手になるから使わない」って。びっくりした後、すごく悔しい気持ちになって、一人になった時に涙がこぼれた。 二十六歳・女性 埼玉県

・オヤジは声を大きく出せばわかると思ってるらしくて、いつも大きな声を出しながら話していた。どんなに大きな声を出しても俺の耳には届かない。そんなこと生まれた時から知ってるはずなのに……いや、結局知らなかったんだと思う。本当に俺が「聴こえない」という

のはどういうことなのか。　三十歳・男性　茨城県
•軽度の難聴か人工内耳をしているスポーツ選手のドキュメントで、親と電話したり音楽を聞いたりしている様子がテレビに映っていた。それを見て、母と兄が「何でこの子にはできないんだろう」と話していて、なぜかその時だけ会話の内容が分かってしまい、とてもショックを受けた。　二十八歳・女性　東京都
•耳が聴こえなくてもできることはできると証明したくて、学校の帰りに公衆電話を使って母に「これから帰るよ」とか簡単なことを伝えたりしていた。もちろん向こうの言うことは分からないから、一方的に言って切るだけ。　三十二歳・女性　千葉県
•家族の前では、親の望み通りに聴者みたいに振る舞っていたけど、ろう学校には自分と同じろう者がいて、毎日休み時間とかに手話で話すのが楽しかった。　三十一歳・男性　東京都
•家族との会話に入っていくことがほとんどなかったから、親や兄弟からはずっと「何も考えてない」「おとなしい子」って思われていたみたい。本当は私だって色々と意見を言いたいし、思うことはあったのに。　二十九歳・女性　埼玉県
•この前、大人になって久しぶりに妹に会った時にスマホで文字を打ちながら会話してくれた。私も妹のことが初めて分かったような気がしたけど、妹の方も「お姉ちゃん、そんなこと考えてたんだね」ってびっくりしてた。二十年以上、家族なのに互いのこと全然分かってなかったんだって。　二十七歳・女性　神奈川県
•おばあちゃんが家に来て、母と三人でご飯を食べていた時、おばあちゃんが話しかけてくるのに反射的に「うん」って肯いてしまった。その後、母とおばあちゃんが「やっぱりこの

子聴こえてるんじゃない！」「聴こえてない、分かんないのに肯いただけ、よくあるの」って言い合いになったらしい。母に「適当に返事しないの」って怒られて謝ったけど。今でも何だかいたたまれない気持ち。　三十歳・女性　栃木県

•補聴器をしていても話の内容は分からないし、雑音が嫌ではずしていると「話を聞く気がないのか」って怒られて。それでいて、お客さんとかが来ると、「この子は何も分からないから相手にしないで」なんて言ったり。ふざけんなって思った。　三十五歳・男性　東京都

•大人になってから、母に、「何でもっと早く手話を習わせてくれなかったの」って訊いたら、「手話を覚えてほしくなかった。手話を覚えたらバカになると思ってたし、手話を使う子供と一緒に街を歩くのは恥ずかしいと思ってた」って。　三十三歳・女性　埼玉県

•私にとって家族団らんは、我慢、沈黙の時間。みんなワイワイしゃべってて、私が座ってそれをニコニコ聞いている風を装えば満足するだけ。そうすればみんなは罪悪感がなくなり、満足する。そんなもの。　二十八歳・女性　千葉県

まだまだ続いている。

•みんなが手話を覚えたほうが早いのにって思うけど、家族の誰も覚えてくれない……。

•普段から家族とのコミュニケーションがないと、いざ相談したい時に相談できない……。

•言葉が通じない。心のひだまで伝えあえるような関係がない。一般世間でいうような親子とはかけ離れている……。

そこには、「言葉」があふれていた。

それまで誰にも言えなかった、聞いてもらえなかった言葉が。

聞いてほしい。知ってほしい。

全員が、そう叫んでいた——。


帰り道、瑠美と二人、無言で歩いた。

駅が近づいたところで、瑠美がぽつりと言った。

「……ある程度は分かっていたつもりでしたが、あれほどとは思っていませんでした」

「……私もです」

郁美のろう学校の同級生たちから聞き取りをした時にも衝撃を受けたが、今日読んだ「ろう者たちの声」には、心底圧倒された。

「郁美さんにも、きっと今まで誰にも言えない思いがあるのでしょうね」

荒井の考えを察したように、瑠美が言った。

郁美の場合は母と二人の生活だから、「自分だけがのけ者にされる」というような状況とは違うかもしれない。しかし、母一人娘一人という関係ゆえに、余計に逃げ場がない。

——言葉が通じない。心のひだまで伝えあえるような関係がない。一般世間でいうような親子とはかけ離れている。

郁美と母親の関係もそういうものだったとしたら、その断絶の深さは計り知れない。

「私には、彼らの気持ちが本当に分かるとは言えないですけど……」

瑠美はそこで、言葉を切った。

同時に、手が、顔が動いた。

〈子供の頃の私はずっと、自分の本当の気持ちを隠して生活していたような気がします。どちらの親にも。姉にさえも。もちろんどちらの家族とも言葉は通じますし、本当に大切な存在だと思っています。今も〉

立ち止まり、荒井の方を見た。

〈でも、初めて心の底から自分のことを分かってくれる、そう思える相手と会ったのは――会えたのは、荒井さんが初めてなんです〉

荒井の目を見て、続けた。

〈聴者とはもちろん、ろう者とも違う……私たちにしか分からない、分かり合えないものがある。そういう相手と出会えなかったら、もしかしたら私は今でも……〉

瑠美は、そこで手の動きを止めた。

「ごめんなさい、変なこと言って」

音声日本語に切り替えると、彼女は恥ずかしそうに小さく頭を下げた。

「いえ……」

瑠美がそのまま手話で続けてくれていたら、おそらく荒井も答えただろう。

〈私も同じです〉と。

コーダの本当の心の内は、コーダにしか分からない――。

瑠美は、元の表情に戻って言った。

「郁美さんはきっと、ろう学校で、同じような環境にあったお友達と手話で会話している時が一番自分らしくいられたのでしょうね」

「そうですね……」

何気なく答えた時、頭の中に閃くものがあった。

そうか。もしかしたら――。

郁美の心の中に入ることができるかもしれない。そう思った。

第八章　応　援

　予定していた帰宅時間から、かなり遅れてしまった。美和にはＬＩＮＥで伝えたが、いつまで経っても既読にならない。電話をするのは勉強の邪魔になるかと憚《はばか》られた。

　駅から帰路を急ぐ。荒井たちの住むマンションには正面出入り口の他に駐車場へと続くアプローチがあり、部屋に向かうのはそこを横切るのが早道だった。

　アプローチに足を踏み入れたところで、駐車場の脇でまりつきをしている瞳美の姿が見えた。近くに美和の姿を探したが、見当たらない。手を振りながら駆け寄ったが、娘の視界には入らぬようで気づかないようだった。

　まりつきに失敗して、ゴムボールが転がった。ボールを追った瞳美の視線が、荒井をとらえる。その顔に、満面の笑みが広がった。

　言葉にならない声をあげながら駆け寄って、飛び付いてくる。片手で抱きかかえながら、もう一方の手で、〈遅くなってごめんな〉と謝った。

　その時、居住棟の方から美和が飛び出してきた。血相が変わっている。

　荒井を見てハッとしたように立ち止まったが、すぐにその腕の中に妹の姿をみとめ、安堵《あんど》の息をついた。

姉に気づいた瞳美が手を振る。

〈……おかえりなさい〉

美和は、バツの悪そうな顔をして迎えた。

〈遅くなって悪かった。ＬＩＮＥしたんだけど、見たか？〉

美和は、〈勉強してたから〉と首を振る。

〈そうか〉

美和は、くるりと踵《きびす》を返し、部屋の方へと向かった。荒井の腕の中で、瞳美が得意げに言う。

〈ひとりであそんでたの！　おねえちゃんのべんきょうのじゃましなかったんだよ！〉

〈そうか、偉かったな〉

姉の邪魔をしてはいけないと、瞳美が勝手に部屋を出たのだろう。勉強に集中していた美和はそれに気づかなかった。瞳美がいないのに気づいて慌てて探しに出たところに、荒井が帰ってきたのだ。

マンションの敷地内だったからまだいい。だがもし瞳美が一人で「外」に出てしまったら？　いや、敷地内であっても安全とは言えない。もし、出入りする車が瞳美に気づかなかったら？

荒井は、背筋に冷たいものを感じた。

美和を責めることはできない。受験生の彼女に妹の世話を押し付けてしまった自分がいけないのだ――。

その出来事を、みゆきに告げるつもりはなかった。

しかし、その日に限って彼女がいつもより早く帰宅し、久しぶりに家族四人で食卓を囲んだことで、テンションのあがった瞳美のおしゃべりを止めることができなかった。

〈え、一人で〉〈お庭で遊んでたの？〉

〈そうだよ、おねえちゃんのおべんきょうのじゃまをしちゃいけないの！〉

瞳美が、再び得意気に言う。案の定、みゆきの顔が険しくなった。

「ちょっと、ちゃんと面倒見てなきゃダメじゃないの」

瞳美には聞かせたくなかったのだろう、音声日本語で言った。

「見てたよ。ちょっと目を離したスキに出てっちゃったのよ。自分で内鍵開けられるとは思わなくて……」

「どれぐらいの間？」

「ちょっとよ」

「ちょっとって」

〈まりつくの、じょうずになったんだよ！〉

瞳美が大きく手を動かして二人の間に割って入る。

〈ごめんね、ちょっとお姉ちゃんと二人だけのお話があったの〉

〈わたしにもはなして！〉

〈ひーちゃんを〉〈ほったらかしにしちゃダメって〉〈お姉ちゃんに言ってたの〉

〈ほったらかしになんてしてないわよ〉美和が言う。

〈わたし、ひとりであそべるもん！〉と瞳美。

〈そうよねー、ひーちゃんもうお姉ちゃんだもんねー〉

「そんなこと言って、一人で外に飛び出したりしたらどうすんの」

みゆきが再び音声日本語で美和に言う。

荒井は手を伸ばして制しようとしたが、二人の目には入らない。

「あそこだって、誰が入ってくるか分かんないのよ！」

「だからほんのちょっとの間だって言ってるでしょ！」

仕方なく声を出して止めようとした時、

「あーーーーー‼」

瞳美が突然、大声をあげた。

みゆきも美和も驚いて瞳美のことを見る。

「あー、あー、おー、えー、」

幼い娘は二人に向かって叫び続けた。

〈分かった、ごめんね〉

みゆきが慌てて彼女を抱きかかえるようにする。

「あー、あー、いー、あー」

だが瞳美の声は止まなかった。

〈ごめんごめん、もうしないから〉

〈ごちそうさま〉

美和が硬い表情で立ち上がり、まだ食べ掛けの食器を手にキッチンに向かった。

その後ろ姿に声を掛けようとしたみゆきだったが、寸前で思いとどまったようで、美和が振り返るのを待った。だが美和は家族に視線を向けることなく、そのまま自室へと向かった。

〈どうしたの、おねえちゃん〉

不安そうな顔で瞳美が手を動かした。
〈どうしたんだろうねえ〉
みゆきが、努めて優しく答える。
〈おねえちゃんのこと、なんでおこったの〉
〈怒ってないよ〉
〈おこってたでしょ、わかるもん〉
〈怒ってないよ〉〈何でもない〉〈大丈夫〉
瞳美はまだ納得しない顔だったが、
〈さ、ご飯食べよう、まだ途中だろ〉
荒井が言うと、しぶしぶとだがスプーンを手にした。

子供たちが寝静まってから、今日の出来事についてみゆきと話した。

「ごめんなさい……あんなこと言いながら瞳美の前で声でしゃべっちゃって」

あんなこと、とは園子の件や瞳美が発語した時の話だろう。

「お互い、気を付けないとな」

自戒《じかい》を込めて答えた。

「それと、美和に瞳美を見てもらうのはやめよう。やっぱり勉強の妨《さまた》げになる」

「大丈夫よ。あの子、この前の模試の成績が悪かったからちょっと苛立ってるだけだから」

「そうなのか」

試験の結果などについては、美和はあまり荒井に話してくれなかった。

「でも、それだったらなおさらだろう。勉強に集中させてあげないと」

「そうなんだけど……」

みゆきは天井を見上げるような仕草をすると、

「やっぱり、開栄は厳しいんじゃないかな」

と呟いた。

「……そうか」

「うん、あの子も分かってると思う」

そう言って付け加える。

「だからなおさら苛立ってるのよ」

もちろん、まだ諦めるには早い。だがおそらく荒井よりみゆきの方が、そして美和が一番、「現実」を知っているのだろう。

「近いうちに私の方で話してみるから。変に気を遣うとあの子も気にするから、これからも必要な時は頼みましょう。名誉挽回のチャンスを与えてあげないと」

「……分かった」

確かに、このまま頼まないでいると、今日の件を美和の失態と認めてしまうことになる。名誉挽回は大げさだが、彼女にとっても「次の機会」があった方がいいのかもしれない。

「冴島先生や瑠美さんはお変わりなかった？」

みゆきが話題を変えた。

「ああ、二人とも元気だった。瑠美さんのところは、幸子さんが戻ってきたらしい」

「ああ、もうそんな――」

みゆきがしばし黙った。自分と同じように、時の流れに思いを馳《は》せたのだろう。

「……良かったわね、瑠美さん」

ポツリと呟いた言葉は、心のこもったものだった。

瑠美に対してのこだわりはもう完全に払拭《ふっしょく》されたんだな。荒井はそう思った。


例年より短い夏休みが終わり、美和の学校では二学期が始まった。同じ頃、瞳美の通う園の夏季休暇も終わった。

新藤からメッセージが入った。

郁美の初公判の期日《きじつ》が、九月十日に決まった、という知らせだった。

夏休みが終わっても、連日、最高気温が三十五度を超える猛暑日が続いていた。気象庁は、外出はなるべく避け、室内で過ごす際もエアコンや扇風機などを活用してこまめに水分を補給するよう注意喚起していたが、どれだけ効果があるのか疑問だった。

三月にすべての学校を閉鎖し、この猛暑の中再開するという施策もちぐはぐ極まりない。本来ならばこの時期に障害者たちが競うパラリンピックが開催されていたのだと思うと、狂気の沙汰とさえ思う。

そんな酷暑の中、荒井は片貝と東京拘置所《こうちしょ》へ向かっていた。

弁護人の面会に制限はないとはいえ、公判前の郁美との接見に同行できる機会は限られている。荒井は、前もって新藤や片貝と入念な打ち合わせをした上で、今日の接見に臨んでいた。

いつものように検温とアルコール消毒をした上で面会受付をすませ、部屋に入る。

しばらくして、職員に連れられ郁美が入ってきた。相変わらずこちらに視線を向けることなく、椅子に座る。
《こんにちは。体調にお変わりありませんか》
片貝の声付き日本語対応手話を、荒井が日本手話に通訳する。
郁美は視界の端で荒井の動きをとらえるようにして、小さく肯いた。
東京拘置所では、八月初旬に収容者の感染が発表されていた。四月に初めての感染者が出て以来、まだ二人目とはいえ、雑居房が「三密《さんみつ》」の状態であることに変わりはない。郁美たちも不安な日々を過ごしているに違いなかった。
《初公判の期日については聞きましたね？》
これについても小さく肯きを返す。
《証人としては、あなたのお母さんと、ろう学校時代のお友達を予定しています。他に、この人を呼んでほしい、という希望はありますか？》
郁美は僅かに顔を上げ、手を動かした。初めての反応らしい反応だった。
〈母は、私の方の証人になるんですか？〉
《検察でも事実関係を立証するための証人として申請すると思いますが、弁護側でも情状酌量《しゃくりょう》の証人として申請するつもりです》
郁美は、表情を変えることなく手を動かす。
〈私の方での証人で、母を呼んでもらう必要はありません。たぶん、来てはくれないでしょう〉
《いや、それはこれから頼んでみますので。是非とも来てもらおうと思っています》
〈いえ、その必要は〉
郁美はそう手を動かしかけて、違う表現に変えた。

〈母は、呼ばないでください。お願いします〉

初めて見る断固とした表情で、そう言った。

片貝は困ったような顔になったが、それ以上言い募《つの》るのはやめ、

《ろう学校時代のお友達を呼ぶことは構いませんね》

と訊いた。

これに対しても郁美は、首を振った。

〈必要ありません〉に迷惑をかけたくないんです〉

《迷惑なんていうことはありません。彼ら
郁美は小さく首を振った。

片貝が、こちらを見た。荒井は肯きを返した。片貝が言った。

《みんな、あなたのことを「応援」しているんです。みんなあなたの味方です》

しかし郁美は再び首を振る。

荒井は、トントン、とアクリル板を叩いた。動きが目に入ったのか、郁美がこちらを見た。

荒井は、手と顔を動かした。

普通、〈応援〉は、上下に並べた両手のこぶしを、旗を振るように左右に動かす。さらに、親指だけを立てた左手の親指側を右手で前に押し出すように二回叩く、という動きを加えることもある。

だが荒井はここで、顔の前で両手のひらをクロスした状態から左右に広げた。

視界の端でそれをとらえた郁美が、ハッと目を見張った。

荒井は、もう一度同じ動きをする。

郁美がこちらを見つめていた。

荒井は続いて、親指だけを立てて前に倒した左手の親指のつけねの辺りを、右手で前に押し出すように二回叩いた。さっきの動きと同じようだが、左手を前に倒したことで、まるでお尻を叩いているように見える。

荒井の手の動きを見つめる郁美の表情に、はっきりと変化が表れていた。

これは二つとも、郁美が通っていたろう学校だけで使われる手話＝スクールサインだった。

荒井は、新藤を通じて彼女のクラスメイトたちに連絡を取り、いくつかのスクールサインの動画を送ってもらったのだった。

素子に教えてもらったことと、瑠美の言葉がヒントになった。

――同じような環境にあったお友達と手話で会話している時が一番自分らしくいられたのでしょうね。

家では手話を禁止され、苦手な口話《こうわ》を強要された。社会に出て母親から解放されたとしても、周囲と手話でコミュニケーションをとれる機会は少なかったに違いない。

――去年会ったけど、久しぶりに手話で話せるってすっごく嬉しそうだった。

荒井は、もう一度その動きを繰り返した。

〈応援〉――。

郁美の目には、荒井の背後にクラスメイトたちの姿が映っているに違いない。

懐かしいスクールサインで、みんなが伝えている。

〈みんな、郁美を応援してるよ〉

〈みんな、郁美の味方だよ〉

郁美の目から涙があふれ、こぼれ落ちた。

その手が、ゆっくりと動いた。片貝を、そして荒井を見つめ、言った。

〈ありがとうございます〉

初めて、彼女の心からの言葉を聞けた、と思った。


その日はそこで、面会を終えた。

《ここまでくればもう大丈夫です。焦らず、話を聞いていきましょう》

次回の接見では、きっと事件の背景や動機について話してくれるはず。片貝は、自信ありげにそう言った。

片貝と別れた後、タブレットを取り出すとLINEアプリをタップし、一つのアカウント宛にメッセージを送った。

接見が思ったより早く終わったため、瞳美の迎えにはまだだいぶ時間があった。その時間を利用して行きたいところがあったのだ。

【先日はありがとうございました。突然ですが、今日これから少しお伺いしてもいいですか】

すぐに既読になり、返事がきた。

【いつでもヒマだよ】

笑っているトキ子の顔が浮かんだ。

【では伺います】

そう返事をして、荒井は飯能へと向かう電車に乗り込んだ。

ディナーテーブル症候群についてのリサーチ結果を見せてもらった時、素子は言っていた。

〈「ディナーテーブル症候群」という名がついたことで、こうして大勢が「同じようなことを経験した」「私も」と声を上げ始めた。でも、同じようなことは、昔からあった。これは、「家族の中で自分だけが聴こえない」世界中のろう者たちがみな経験していたことなのよ〉

素子からそういった話を聞くのは初めてだった。

〈私たちにとっては「当たり前」のことで、わざわざ人に言うようなことじゃなかった。言っても分かってもらえないだろうと思っていたし。でも、やっぱり声を上げることが大切なんだって改めて思ったわ。声を上げないと、誰にも伝わらない。私たちがこんな思いでいたなんて、家族でさえも知らない。ううん、家族であれば、なおさら〉

その時、トキ子のことを思い出したのだ。

――辞めたら家に帰らなくちゃならんからな。あの家には帰りたくなかった。だから必死に耐えた。

「彼ら」の気持ちを知るために、もう一度トキ子の話を聞いてみたい。そう思ったのだった。

突然の訪問だったが、トキ子は歓迎してくれた。

〈外にも出かけられず退屈してるからな〉

以前と同じように、エアコンの効いた部屋でコタツに足を入れた。

〈昔話が聞きたいって？〉

〈ええ、ろう学校の頃のこととか〉

〈古い話だな。あんたも物好きだな〉

マスクの下で、苦笑を浮かべたのが分かる。

〈長澤さんの頃は、ろう学校でも手話は禁止だったんですよね〉

まずはそのことから尋ねた。

〈ああ〉

肯いてから、トキ子は話した。

〈学校でも家でも、手話は禁止だった。そもそも私らの子供時代は、「周りに可愛がってもらえるように」っていう教育がされてたんだ。そう言っている親や教師が、一番の「周り」なんだ。つまり、自分たちに逆らうな、反抗するなっていう教育だよ。そのためには「口話」が上手な方がいいっていうわけさ。自分たちと同じ言葉を使うことがまず可愛がられる第一歩、ってことだ〉

何でもないように話しているが、それだけでも胸が痛む。荒井は質問を重ねた。

〈でも、ろう学校の休み時間とかクラブ活動とか、同級生や先輩後輩とは手話で会話してたんですよね〉

今でも授業で手話を使わないろう学校はあるが、他の時間に使うのは自由だ。トキ子の時代も、禁止されていたとはいえ、隠れて使っていた者は多いはずだった。

〈使う者もおったが、見つかると先生に怒られたからな。あの頃は「手真似」と言って、学校でも家でも、使うと手を叩かれたもんだ〉

以前に益岡から聞いた話と同じだった。

〈私もデフ・ファミリーの子から教わりはしたが、友達同士で遊びに行くときなんかにこっそり使うぐらいだったな。だけどある時、町に出た時に友達と手話でしゃべってたら、近くにいた女の人が連れとひそひそと話しているのが見えてな。もちろん聴こえはしないが、口の動きと表情で何と言ってるかは分かった。「あの子たち、ツンボなのね、かわいそう」。そう言っていた。そ

れから私は、家でも学校でも手話は使わなくなったよ〉

リサーチ結果の中にあった言葉が蘇った。「聴こえる母親」が言ったという言葉だ。

――手話を覚えてほしくなかった。手話を覚えたらバカになると思ってたし、手話を使う子供と一緒に街を歩くのは恥ずかしいと思ってた。

〈何でも親の言うなりでな。私だけじゃない。みんなそうだった。学校に行ってるものは良かったが、行っていないものはもっとひどかった〉

〈学校に行っていない、というのは高校のことですか？〉

〈いや、農家の子なんかは家の仕事で忙しくて、私より少し上には、小学校や中学校もろくに通わせてもらえなかった子も、あの頃はいたんだ〉

その言葉に、ハッとした。

六歳から十五歳までを義務教育期間とし、小学校、中学校とともに盲学校や養護学校、ろう学校も義務教育となるよう定めた学校教育法ができたのは、一九四七年、昭和二十二年のことだ。

それまではもちろん、その後しばらく――トキ子が小学生ぐらいの頃までは、学校自体に通っていないろう児もいたのだ。

〈そういう子は、まあ常識というものを知らんかった。大人になってから知り合った、五つぐらい上の女の人などは、十五歳になるまで歯磨きしたことがなかった、と言ってたからな。親が教えなかったたって言うんだよ。その人は、学校にはほとんど行かずに、ずっと家の仕事を手伝っておった。大人になってから、地域のサークルに入って、夫となるろう者の男と知り合って、その夫から何もかも教わったたって言っておったよ。手話ももちろん、時計の見方、お金の計算、全部な。それまで、そういうことすら知らんかったんだ〉

お金の計算の仕方も知らない――。

衝撃だった。

〈そう言っても、私も、大して変わらんよ〉

トキ子が続けた。

〈家にいた頃は、自分では何もさせてもらえなかったからな。さすがに学校は通わせてもらったが、親の言うことは絶対で、逆らうことは許されん。全部親の言うなりだ。家にいた時は、まるで「自分」というものはなかったよ〉

トキ子はそこで、棚の上に飾られた写真に目をやった。

〈変わったのは、手話を使うようになってからだ〉

当時を思い出すように、ゆっくりと、続けた。

〈工場の寮暮らしをしていた頃に、地域で手話サークルができてな。遊びにこないかって誘われたんだ。気乗りはしなかったんだが、ある時、何となく行ってみたんだ。二十四、五歳の頃だったな〉

ということは、昭和四十年ぐらいか。その頃から手話サークルはあったのか。

荒井の疑問を察したのか、トキ子が付け加えた。

〈たぶん、一番早い頃だろうな。あちこちで手話サークルができ出したのはそれから四、五年後のことだったからな〉

昭和四十年代半ばのことだ。その頃が、「ろうあ運動」の黎明期《れいめいき》だということは知ってはいた。厚生省の手話奉仕員養成事業が開始されたり、手話通訳派遣事業が始まったりしたのも四十年代後半のことだ。

〈通訳の派遣事業がない時代は、親兄弟が通訳をしてたんですよね〉

〈通訳というのかな……〉

トキ子の眉間にしわが寄った。

〈私らはしゃべらせてもらえなかった、ということだよ。余計なことは言わなくていい、聞かなくていい。親が全部やってあげるから、とな。家に人が来ると「変に思われるから声を出すな」と家の奥に追いやられたり。その間、家の仕事を押し付けられたという話も聞いた。そういう扱いだったから、大人になって家を出ると、自然に疎遠になっていく。わざわざ「関係を断つ」ことをしないでも、親兄弟が死んでも葬式にも呼ばれなかった、という話はよく聞いたもんだ。慌ただしい時に呼んでも煩わしいだけだからな〉

淡々と話している分だけ、話のむごさが伝わってくる。ふいに、トキ子が言った。

〈人として生きていくのに一番必要なものは、何だと思う？〉

突然の問いかけに、言葉を返せなかった。

〈まあ人によっても違うだろうな〉

荒井の返事を待たずに、トキ子は続けた。

〈お金という者もいるだろうし、愛、とかいう者もいるだろう。家族、という答えも多そうだな。私はな〉

トキ子は、荒井の目を見て、言った。

〈「自尊心」だと思う〉

思いがけない言葉だった。

〈どんな体になっても、どんな境遇にあっても失ってはならんもの。手話を知らんかった時代の私には、それがなかった。家族のやっかい者、人の助けがなければ何にもできん。自分の意見など、何も聞いてもらえん。それより前に、話が通じん。私が何を思っているかさえ相手には分からん。いやおそらく、私が「何か考えてる」とも思わないんだろう。だから全部勝手に決められる。進学も。就職も。結婚も。自分のことなのに、誰かに決められてしまう。そんな者に、自尊心など芽生えるわけがなかろう〉

トキ子は、特別感情を込めることなく、続けた。

〈お前は結婚はできん、と言われたよ。子供など持てないとな。どうしてか、と考える前に、そういうものだろうな、と思ったよ。人の世話になってる者が人の世話などできるわけがない。それから何年も経って、亭主に結婚してくれと言われた時、何より嬉しかったのは、ああ、私はこの言葉に自由に答えていいんだ。自分の気持ちをそのまま答えることができるんだ。そう思えたことだった〉

絶句した。

何も、言葉を返せなかった。

トキ子は、最後に、

〈手話はな、私に自尊心を持たせてくれた。かけがえのないものだよ〉

そう言って笑った。


何も知らなかった。

トキ子の家からの帰り道、頭の中ではその言葉が渦を巻いていた。

コーダとして生まれ、音声日本語より早く日本手話を習得した。

コーダはろう者と同じようなものだとたびたび言われ、自分でもどこかでそんな気になっていた。

しかし、自分は、何も知らなかったのだ。

〈興味があるんだったら読んだらいい。うちの亭主が集めたものだ。いろいろ勉強しておったから、何かの参考になるかもしれない〉

帰り際、トキ子はそう言って一冊のファイルを持たせてくれた。

家に帰るのを待てず、帰りの電車の中でそれを広げた。さまざまな文献や新聞記事のコピーが年代別に几帳面《きちようめん》に綴じられている。

「昭和四十一年　三月三日」という日付の文章があった。荒井が生まれる前の年だ。

『「ろう教育の民主化をすすめるために―ろうあ者の差別を中心として―」　社団法人　京都府ろうあ協会／京都府立ろう学校同窓会』

それが、いわゆる「3・3声明」と呼ばれているものだという知識はあった。


昭和40年11月18日京都府立ろう学校高等部の生徒全員は学校行事として予定されていた船《ふな》岡山《おかやま》写生会をボイコットして学校に集まり、その立場を明らかにするビラを全校に配布、生徒集会を開くという事件をおこした。われわれは、この事態を重視し、学校側及び生徒代表者の説明を求め、次の様な事実をつきとめた。


その「事実」とは――。

学期末にプールの清掃問題で教師と生徒に対立が生じた。生徒による抗議は教師から「生徒の非常識、無理解」と論点をすりかえられ、一方的に非難された。その後の話し合いの場でも教師から「ろうあ者は常識がない」「生徒は民主主義をはきちがえている」などの差別的言動があり、生徒集会でも「バカヤロウ」などの暴言を受けた。それらに対する生徒の怒りの頂点としての行動が、すなわち写生会ボイコットだった。

声明の中で、彼らはこう言っていた。

イソップ物語にこの様な話がある。「池にカエルが遊んでいた。子供が通りかかってカエルがとびあがるのを面白がって石を投げる。カエルがやってくる。子供さん、石を投げるのはやめて下さい。あなたにとっては遊びでしょうが私達にとっては生死の問題です。どうかやめてください。」

子供が石を投げるのをやめ、カエルが平和に暮らせる様になるために、次のことが必要である。

まず、カエルが堂々と子供の前にやってきて自分の生死の問題について抗議すること。ついで、子供がカエルの抗議によって自分の行為の意味するところのものを知ることである。もし子供にカエルの生命に対する温い気持ちがあれば、子供は石投げをやめ、カエルは元の平和な生活にかえることが出来る。

したがってわれわれは抗議の声をあげ、ここにろうあ者の人権が無視されている数々の事例を取り上げて訴えているのである。

人間がカエル権をおかしても、それは社会的に問題にはなり得ない。しかし人間が人間の権利をおかした場合それは社会的に大問題である。

しかし身体障害者に対する差別には「能力が欠けている」「きこえない」「見えない」ということがついてまわるためにたとえその人格が尊重されなかったとしてもはっきり社会的差別として取り上げにくい。

同時にこのことは、われわれろうあ者を含めた全身体障害者の人権が十分尊重されているか、差別されていないかという事に社会的な関心が払われていないことを物語るものであり、このこと自体が差別なのである。

ろう者は、カエルのようなものだったのか。

荒井の父は。母は。兄は――。

そんなに大昔のことではない。自分が赤ん坊だったあの頃、聴者《ちょうしゃ》たちから自分の家族はそんな風に扱われていたのか。

以前、「手話をおもちゃに使ってほしくない」という発言を巡るネットの論争に接した時、荒井は、聴こえる者たちに手話とはどういうものなのかを知ってほしい、と思った。

だが、何も知らなかったのは自分も同じだ。

学校の中でさえ手話を禁止されてきた歴史があることは知っていた。手話が「身振り手振り」ではなく、独自の文法を持ち、日本語やほかの外国語と同じ「言語」であることは知っていた。それで、すべてを知った気になっていた。

ファイルには、自らワープロで打ったらしき文章もあった。

1880年の「ミラノ会議」にて口話法の優位性が決議されて以降、世界中のろう者の苦難の歴史が始まった。我が国でもその影響から口話法への転換が図られ、昭和10年代には大半のろう学校が口話法を採用するようになった。その後、聴応教育やキュード法が取り入れられたり、一部の地域では指文字主体の教育が行われたりと、時代に応じてろう者は異なった教育方針で教育を受けてきた。発語習慣や読話習得の妨げになるという理由から、手話の使用が徹底的に禁止されただけでなく、同じ理由から筆談（書き言葉）の使用も禁止されていた時代もあった。聴こえない者たちは、自分たちの教育方法について、聴こえる者の価値観に翻弄されてきたのだ。

手書きの文字もあった。

•ろう者の80％程度がろう者と結婚する。
•しかしろう児の親の9割は聴者。医者も、ろう学校の先生も、みんな聴者。そういう聴者たちが、ろう児の、ろう者の未来を決めていく。
•親は、子供に障害がないことを望み、叶わないのであればせめてその障害が少しでも軽減されることを願う。
•多数派の聴こえる人たち。その中には、ろう児の親たちも含まれている。

こちらは比較的新しいもの。何かの文献のコピー。

聴覚障害者養護老人ホーム及び特別養護老人ホームが加入する全国高齢聴覚障害者福祉施

設協議会が２０１４（平成26）年度に会員施設の利用者を対象として実施した実態調査（全国高齢聴覚障害者福祉施設協議会２０１６：10－25）はろう高齢者の不利な生活状況を浮き彫りにした。同調査の対象となった４１６名のうち３割近くの１１４人が不就学であり、義務教育を修了できなかった者の総数（不就学含む）は６割を超える２５４人に達した。コミュニケーションの状況についても自己責任・自己決定が可能なコミュニケーションができる者は全体の７・０％（29人）にとどまり〔中略〕さらに、婚姻歴や子どもの有無について、既婚率は55・２％であり、そのうち子どもを有していたのは51・７％であった。約半数にとどまった理由としては、当時の優性思想により近親者や教育関係者から子どもを持たないように説得されたり不妊・堕胎手術を強制されたりしたことによるものが多いとみられる。

『不妊・堕胎手術を強制』という文字が赤いペンで囲まれており、余白に、やはり手書きの文字が記されていた。

文章の読み書きが不得手であったため、優生保護法の最初の文字「優」から「優しい」、いい法律なのだと受け止めてしまったものもいるという。

同じように手書き文字。

漢字が読めないからといって、文字が書けないからといって、我々が知的に劣っているということでは決してない。自分たちの言葉を奪われた我々が、どうやって他の言葉を獲得することができるのか。

そうだ、と思い出した。

あの会報――。

トキ子からもらった、母が寄稿したというあの会報に、母はどんな文章を書いているのか。

その日、家族が寝静まった深夜、トキ子から受け取った「会報」を取り出し、開いた。

きこえる息子が生まれて　荒井道代

私たち夫婦には息子が二人いますが、一番目の息子はきこえない子で、二番目に生まれたのは、きこえる男の子でした。生まれた時は、私も夫も、てっきり今度の子もきこえない子だと思ってたので、長野から出てきていた私の母（両親ともきこえる）が、「この子は音に反応してるみたいだ」と言うので、おどろいた。その後、母親に何度も確かめ、その後医者に行った時にも「お子さんはきこえているようですね」と言われ、夫と顔を見合わせて、よろこんだ。

二才になった頃、高熱を出した時があり、私は同じように子どもの時に高熱を出し、それできこえなくなったので、息子もそうなってはいけないと一生けんめいにかんびょうした。なんとかきこえなくならずに良かったです。

上の子どもも私たちもみんなきこえないので、話し言葉を覚えられるか心配でしたが、保育園にあずけるようになってから、日本語を覚えたみたいで、たくさんしゃべるようになった。私たちはきこえませんが、私の親にきくと、ちゃんとおしゃべりしてるから大丈夫というので、安心しました。

　三才ぐらいから手話で話ができるようになって、五才ぐらいになる時には、ろう者の友達がたずねてきた時にも手話でおしゃべりをするようになりました。小学生に入るころには、大人と同じくらい手話でおしゃべりができるようになっていた。

　今では、尚人と出かける時には、いつも尚人が通訳をしてくれます。家にかかってきた電話もとってくれ、とても助かっています。

　いつもめいわくかけてごめんね。ありがとう。


忘れていた。すべて、忘れていた。

これは、自分が書いた文章だ。母の手話を、自分が日本語に書き起こしたのだ。

小学校五年の時だ。「小学校に入る」を「小学生に入る」と書き間違えているのはあの頃の自分の癖で、母がそのまま投稿してしまったのだ。

目の前で動く母の手、表情がありありと蘇ってくる。

母が自分に対して感謝しているのが照れくさく、最後の文章を書かずにおいたら、〈何で書かないんだ、ちゃんと全部書いてくれ〉と怒られた。それで、仕方なくその通りに書いた。

『いつもめいわくかけてごめんね。ありがとう』

そう書き終えて顔を上げた時、母がその言葉と同じ手話を自分に向けていた。

〈いつも迷惑かけてごめんね。ありがとう〉

忘れていた。覚えていなかった。

いや、知らなかった。

「お子さんはきこえているようですね」と言われ、夫と顔を見合わせて、よろこんだ。

ずっと、自分は兄と比べ、愛されていないと思っていた。

聴こえる子だから。母とも父とも兄とも、自分だけ違うから。

いつも通訳として便利に使われていた。手話が嫌いになった。父も母も嫌いだった。

小学校の授業参観に、両親が揃ってきたことがあった。教室の後ろに並んでいる親たちの中で、キョロキョロと落ち着きがなく、二人で顔を見合わせて手話で話している両親が恥ずかしかった。自分の両親が二人とも「聴こえない者」であることは、クラスメイトもその父母も知っているはずだったが、それでも目の当たりにすればやはり物珍しいのだろう。みながクスクスと笑っているように思えた。囁《ささや》きが聴こえるようだった。

「両親ともろうあ者だなんて」「聴覚障害者でも子供つくるのね」「大変ねえ」「普段どうやって会話してるのかしら」

嫌だった。恥ずかしかった。その日のことはまるで記憶にない。家に帰ってから両親と言葉を交わさなかったことだけは覚えていた。

その日を境に、両親と、家族と距離を置くようになった。何年も経って、就職を機に、家を出た。家族とも、ろう者社会とも疎遠になった。

手話とも。

母が嫌いだった。父が嫌いだった。兄が嫌いだった。ろう者が嫌いだった。手話が嫌いだった。

蔑んでいた。馬鹿にしていた。見下していた。自分は違う、と思っていた。

自分も同じだ。彼らをカエルのように扱った奴らと。

妙な声が聴こえた。まさしくカエルの鳴き声のような。この変な声は、一体どこから聴こえてくるのか。

その声に気づいたのか、みゆきが起きてきた。

「どうしたの」

「カエルが」

口走っていた。

「カエルが鳴いてるんだ」

顔中を涙で濡らし、カエルのような鳴き声をあげているのは、自分だった。

第九章　対　話

九月になった。

気象庁は夏の天候をまとめ、八月の東日本は平年を二度以上上回り、統計開始以来の最高記録を更新、西日本も二〇一〇年と並ぶ最高記録となったと発表した。

首相が病気を理由に辞意を表明し、それまで官房長官を務めていた政治家がまるで禅譲のような形で新たな首相に選出されそうな雲行きだった。

コロナの感染状況は、全国の発症状況を見る限りでは減少傾向にあるように思えた。しかしこれは、感染者の多い自治体が飲食店などに時短営業の要請をし、国民の一人一人も往来を自粛しているためで、今でも予断を許さない状況であることは容易に想像がついた。

郁美の公判期日《きじつ》も間近に迫った、金曜日の夜のことだった。

瞳美を寝かしつけてから、ダイニングでみゆきの遅い夕食にビールで付き合っていると、美和が顔を覗かせた。

「明後日《あさって》の日曜、司くんが開栄見に行くのに車出してくれるって言うんだけど、行っていいかな」

「司くん？　て、いとこの司くん？」

みゆきが驚いた顔で応えた。

「うん」

みゆきが怪訝《けげん》な顔を荒井に向けてから、美和に向き直る。

「だって、日曜は塾でしょ」

「休む。気分転換よ」

美和がぶっきら棒に返した。

確かに、夏休み中もほとんど家にこもりっきりでどこにも出かけていない。新学期が始まってからも日曜は塾通いだった。それだけ頑張っていても模試の結果は芳しくなく、たまには気分転換したい、という気持ちは分からないでもなかった。

それでもみゆきは腑《ふ》に落ちないのだろう。

「開栄見に行くって、学校見学はしたじゃない。それに日曜じゃ開いてないでしょ」

「見学っていうんじゃなくて、気分盛り上げるのにもう一度志望校見に行きたいって話を司くんにしたら、じゃあ車出してあげるよってことになったの」

「司くん、車持ってるの？」

「会社のだって」

「保険とかは大丈夫なのかしら」

「車の整備会社で働いてるんだよ？　運転もガンガンやってるって」

「……それはそうか」

ろう学校の専攻科に通いながら自動車整備会社でも働いている甥の司は、仕事を始めてから普通自動車免許を取得した。かつてろう者は、いわゆる「障害者欠格条項」により試験すら受けることはできなかった。これも、先日のファイルにあった資料に記されていたことだ。

　みゆきが荒井のことを見た。

「運転は大丈夫よね」

　肯き、「それは間違いないだろう」と答える。

　整備士だからと言って運転が上手いとは限らないが、車に対しての知識は人並み以上にある。心配はいらないと思った。

　みゆきが再び娘に向かう。

「電車に比べれば感染リスクは少ないとは思うけど……」

「換気にマスク。分かってるわよ。じゃあＯＫの返事していいね」

「くれぐれも安全運転――」

「俺の方からも言っておくよ」

　美和が答える前に、荒井は妻に向かって言った。

「……そうね。お願い」

　みゆきが、しぶしぶといった表情で応える。

　美和が荒井に小さな肯きを送ってきた。感謝の意味だろう。

　美和が自室に戻ってから、何となくみゆきと顔を見合わせた。

「……まあ、たまにはいいだろう」

「うん、それはいいのよ」

　みゆきは答えてから、

「よっぽど煮詰まってるのかな、ってちょっと思って」

と表情を曇らせた。

「開栄のことか」

みゆきは肯き、言った。

「本人が決められないんだったら、親が引導を渡してあげなきゃいけないのかも、って」

「引導って」

苦笑を返したが、彼女は真顔を崩さなかった。

「ダメ元で受けるってのもあると思うけど、落ちたらやっぱりショックでしょう？　無理なことが分かってるなら早めに諦めさせるっていうのも必要なんじゃないかな」

「……でも、本人はまだ諦めてないんだろう」

「薄々分かってんのよ、本人も。認めたくないだけ」

そうかもしれない、と思う。しかし。

「だっておかしくない？　いくら誘われたからって司くんとドライブなんて」

「そうか？」

「おかしいわよ。悪いけど、あの子が司くんとドライブしたいだなんて……よっぽど……」

ストレスが溜まっている、といいたいのだろう。確かに、いとこである司のことは子供の頃から知っているとはいえ、会うのは瞳美の誕生会ぐらいで、その際も特に親しく会話をしているという印象はなかった。連絡をとっていたのも意外なぐらいだ。

「結論を出すにはまだ早いだろ」

荒井の言葉に、みゆきも「そうね」と肯いた。

テーブルの上のビールが空になっていた。

「もう一本飲むか」

空き瓶を持って立ち上がると、「うーん、どうしようかな」とみゆきが首をひねった。

「明日もあるし、そろそろ寝ようかな」

「そうか」

空いたグラスと一緒にキッチンへと運ぶ。

「そう言えば、裁判の日程も決まったのよね」

みゆきが背後から声を掛けてきた。

「ああ、でも俺は出廷しないから」

「そうなの？　でも、傍聴には行くんでしょう？」

「それはまあ……できたら行きたいけど」

「行ってきて。その時ぐらいはお母さんに頼むから」

「分かった」

寝るといいながら、みゆきはまだダイニングテーブルの前から離れない。

「君の方はどうなんだ？　捜査の進み具合は」

ダイニングに戻ってきて、尋ねた。

もちろん守秘義務があるため、扱ってる事件について詳しいことは話さない。だが、報道や彼女の言葉の端々《はしばし》から、今、何かやっかいな事件を担当していることぐらいは想像がついた。

「まあ、ボチボチといったところね」

曖昧《あいまい》に答えてから「実はね」と彼女は顔を上げた。

「今、何森さんと組んでるのよ」

「何森さん？」

それは意外だった。同じ刑事課ではあったが、所属の係は違うはずだ。何森は確か閑職《かんしょく》に飛ばされたのではなかったか。

「うん、いろいろあってね。何森さんの所属は変わらずだけど。遊軍みたいな形で」

「そうなのか」

「……何となく、いろいろ分かってきたわよ、あの人のこと」

「そうか」

「なんであなたとウマが合うのかもね」

思わず苦笑が浮かんだ。

ウマが合っているのかは自分では分からない。だが互いに、奇妙な親近感を抱いているのは間違いないだろう。

「一つだけはっきりと分かったのは」みゆきが言った。

「あの人が捜査員としてとてつもなく優秀だっていうこと。何森さんが捜査畑にいないのは、うちの署の大きな損失だと思う」

その言葉には、真剣な響きがあった。


翌日、片貝とともに郁美の接見に赴いた。おそらく荒井が同行するのはこれが最後になるはずだ。

いつものように俯《うつむ》きがちに面会室に入ってきた郁美だったが、二人のことを見ると小さくお辞儀をした。明らかに今までと違う態度だった。

椅子に座り向かい合ったところで、互いに挨拶を交わす。
《体調にお変わりありませんか》
〈はい、大丈夫です〉
片貝の言葉に、郁美は素直に答えた。
《睡眠や食事もしっかりとれていますか》
〈はい、ここ数日はよく眠れています。ご飯も食べれています〉
郁美が片貝の手話を十分理解していることが分かったので、今は、荒井も逐一日本手話にすることはやめていた。片貝の言葉が伝わらなかった時だけ、荒井が日本手話やあれからさらに習ってきたスクールサインで表現し直す、ということにしていた。
しかしそういう場面はさほどなく、郁美の手話も十分に理解できるものだった。
《コロナ禍《か》で会社を休職となり、お母さまのところへ戻ってきた時のことをお訊きしたいんですが》
一番訊きたいのはもちろん事件の「動機」だったが、片貝は焦らなかった。まずはそこに至るまでの「背景」を知ることが重要、と考えたのだろう。
《戻ってきたのは、五月六日のことですね》
〈はい〉
《もちろん、あらかじめ戻ることはお母さまには伝えてあったんですよね》
〈はい〉
《伝えた時のお母さまの反応はどうでしたか》
〈……あまり喜んではいなかったと思います〉

《具体的には、どんなことを言われましたか》
〈自分も仕事をしているから、面倒はみれない。自分のことは自分でやるように。すぐに仕事を見つけて、なるべく早く出ていくように、と言われました〉
《他には》
〈食費はいれられるのかと訊かれました〉
《何と答えたのですか》
〈貯金もほとんどなかったので、月に一万ぐらいでいいかと訊きました〉
《お母さまの返事は》
〈だったら、その代わり家事をするようにと言われました。炊事、洗濯、掃除はお前の役割にするから、それでもいいなら帰ってこい、と〉
《そう聞いて、どう思いましたか》
〈仕方がないと思いました。働かざるもの食うべからず、ということは前から母にはしょっちゅう言われていたので〉
《これまでのやりとりは、メールですか》
〈ＬＩＮＥです〉
《戻ってきてからですが……戻った日のお母さまの態度はどんなものでしたか》
〈どうっていっても……特には。約束通り、家事はやるようにと言われ、そうしました〉
《それまでのこと。どうして休職になったのかとか、会社は何と言っているのかとか、そういうことはこれまでに訊かれましたか》
〈いえ。仕事のことは何も尋ねられてません〉

《これからのことはどうですか。どんな仕事を探すのか、とか、何か当てはあるのか、とか》
〈それは少し。何でもいいから早く次の仕事を見つけるようにと〉
《実際は、どうだったんですか。次の仕事の当てとか、希望の職種とかはあったんですか》
郁美の顔が曇った。俯き加減に首を振る。
〈いいえ。当ては全くありません。希望も何も、求人が本当に少なくて……毎日のようにハローワークには通っていましたが、すごい行列になっている時もあって怖くなって帰ってきてしまったり、手話通訳の方がいない日だとやっぱり会話が難しかったり……〉
各地のハローワークでは、感染防止対策を徹底しながら窓口における求職申込み手続き等を行っていた。だが日によっては「密」が避けられない場合もあるに違いない。
手話通訳に関しては、ほとんどのハローワークで多くて週に一回程度、と日が限られており、事前にそれを確かめていかなければならない。「聴こえない者」にとっては二重の負担だった。
《そのことを、お母さまにはお話しされていたんですか》
郁美は首を振った。
〈母に言っても分かってもらえませんから。それ以前に、母とはもうずっと、会話はほとんどないんです〉
《それは、どうしてですか？》
郁美は一瞬、顔を歪《ゆが》めた。小さく息を吐くと、手と顔を動かした。
〈母にとって、私はやっかいものでしかありません。とにかく早く出ていってほしいのだと思います。早く出て行きたいのは、私も同じですが。せっかく家を出られたのに、また戻ることになるなんて……〉

そう言って、くやしそうに唇をかみしめる。

いつかの同級生たちの言葉が蘇る。

——早く家を出たい、一人暮らししたいって言ってたもんね。

——で、独立できて喜んでたのにねー、コロナのせいよね。

《そういう関係になったのは、いつ頃のことですか？》

片貝は、訊きにくいことを遠慮せずに訊いていった。郁美の方も、辛そうな表情を浮かべながらもそれに応えた。

〈もうずいぶん前からのことです。高校時代とか、それぐらい〉

《それまでは、関係は良好だったんですか？》

〈そうですね……〉

彼女はそこで少し考える顔になった。

〈中学までは母の言いなりでしたから。仲がいいも悪いもなく、私は母がいないと何もできないような子だったんです。何でも母にやってもらって、私は母の言うことだけをきいていれば良かった。ある意味、楽だった気がします〉

《ろう学校に入ってからも、お母さまとの会話は、相変わらず口話《こうわ》ですか？》

〈はい〉郁美の表情が、再び曇った。

〈私は何度も母に「お母さんも手話を覚えてくれたらもっと話せるのに」と言いましたが、母は頑として聞いてくれませんでした。うちの中では手話は禁止です。たまに無意識に使ってしまうと、「何で私が分からないと知ってて使うんだ、嫌がらせか」って怒られました〉

《そういう関係がずっと続いていたんですね》

〈はい。専門学校に入ることになって、家を出るまでは〉
専門学校には寮があり、郁美は母と生活が別になったのだった。
《それからも、もちろんお母さまとは会っていたんですよね》
〈ええ、でも……最初は長い休みとか、お正月とかにももちろん帰ってたんですが、母はあまり嬉しそうじゃないし。会話もあまりないし、で。私もろう学校のお友達や、手話サークルとかで知り合ったろう者の友達と手話で話してる方が楽しくなっていたので……次第に帰らなくなりました〉
《今回、コロナ禍で家に戻ったのは、久しぶりだったんですか？　どれぐらい振り？》
〈母と会うこと自体、二年振りでした〉
《なるほど。分かりました》
そこからの話は、先ほど聞いた。聞いていないのは、事件当夜のことだけだった。片貝は、それまでと変わらぬ態度で尋ねた。
《それでは教えてください。あの夜、お母さまとの間に一体何があったのですか？》
郁美が、片貝のことを正面から見た。その表情には、覚悟の色があった。

《ありがとうございました》
面会室を出たところで、片貝が荒井に向かって言った。
《これで、自信をもって公判に臨むことができます。荒井さんのおかげです》
〈いえ、何のお役にも立てませんでした〉
《そんなことはありません。確かに、通訳ということだけであればもしかしたら私一人でも何と

かなったかもしれませんが……》

片貝はそこで、珍しく言いよどんだ。

《もしかしたら荒井さんにそばにいてほしかったのは、自分のためだったのかもしれません》

そう言うと、荒井の方に向き直った。

《私一人では、もしかしたら暴走してしまったかもしれません。勝俣智子から話を聞いた時に、その危うさを感じたんです》

勝俣智子から話を聞いた時――。確かに、普段は沈着冷静を絵に描いたような片貝が、必要以上に相手を挑発していた。しかしあれは、相手から本音を引き出すための作戦ではなかったのか。

《荒井さんからは「わざと」と言ってもらいましたが、実はそうでもなかったんです。弁護士として私情をまじえるなどあってはならないことです》

私情――その言葉に、ハッとした。

――私は常に、「損なわれた子」だったんです。

出会った頃に、片貝が発した言葉だ。そうだ、と改めて思い当たる。

片貝もまた、聴こえる家族の中で自分だけが聴こえない子供として育ったのだ。

彼は途中でインテグレート（ろう学校から地域の普通学校に移ること）し、それからは口話中心の生活を送った。自らを「ろう者」と名乗ることがないのは、そのためだろう。それでも、彼が家族の中で一人「聴こえない子供」であったことは間違いない。

今でも覚えていた。あの時聞いた片貝の「告白」――。

――テストで一番をとった時、両親はもちろん喜んでくれました。でも。

――私には分かった。両親にとって一番嬉しいのは、私が成績優秀になることではなく、「普通の子」になること。「聴こえる子」になってくれることだった。

――両親がありのままの私を受け入れてくれることは、ついにありませんでした。

――両親が手話を覚えることも、なかった。

――私たちは、結局一度も、まともに会話したことさえなかったんです。

郁美の起こした事件は、彼自身の問題でもあったのだ。

だから、彼は待った。

郁美が、自分自身の言葉で語りだすことを。

そのためには、そばにいながら客観的な立場で話を聞いてくれる人間が必要だった。単なる「通訳」の立場を越えた、「チームの一員」として――。

《もう一、二度面会して、陳述の詳細を詰めますが……》

片貝が、元の表情に戻って言った。

〈はい〉

荒井は、答えた。

〈当日は、いち傍聴者として伺います〉

公判当日の片貝の通訳は、いつもの専属の通訳者が務める。法廷通訳人は神野だ。

荒井の役目は、これで終わったのだった。


翌日の日曜、朝早くに司が車で迎えに来ることになっていた。

ドライブと聞いた瞳美が〈わたしもいきたい！〉とだだをこね、説得するのに骨が折れた。

約束の時間にチャイムが鳴ると、美和より早く瞳美が玄関まで飛んでいく。

〈ご苦労様〉

荒井に会釈《えしゃく》した司は、飛び付いてこようとする瞳美を手前でとどめてから、

〈瞳美ちゃん。久しぶり〉

と応えた。マスクをしているとはいえ、濃厚接触を避けたのだろう。

〈おにいちゃん、耳になんかつけてる！〉

瞳美がめざとくそれを見つけた。

荒井も気づいていた。司の耳に、普段はしない補聴器があったのだ。耳にかけるタイプのもので、色やデザインも洒落たものだった。

〈カッコいいだろ？〉

〈カッコいい！　なにそれ！〉

〈最近は補聴器してるのか？〉と尋ねる。

司は、〈いや、今日だけ〉と答えてから、続けた。

〈しなくても運転に支障はないけど、何かの時にちょっとでも聴こえた方がいいかと思って〉

美和のためにわざわざつけてきた、ということか。ありがたかったが、少し複雑な気もした。

〈最近は補聴器もおしゃれになったわよねー〉

よそいきの恰好に着替えて現れた美和にも褒められ、司は満更《まんざら》でもない顔だった。

〈じゃあ行ってくるね〉

司にエスコートされ、美和が玄関から出て行く。

〈おねえちゃん、わすれないでね！〉

〈おみやげね、分かった〉

ドアを閉めようとした司に、念を押した。

〈くれぐれも安全運転で頼むぞ〉

〈分かってますって〉

司は、どこかウキウキした表情で応えた。


美和を見送ってから、〈わたしもおでかけしたい〉という瞳美と、二人で外に出た。

近くを散歩してから、近隣では一番広い児童公園へと足を延ばした。

瞳美が恵清学園に通い出す前はよく連れてきたのだが、ここしばらくは訪れていなかった。

「公園デビュー」をした頃には男親は自分ぐらいしかおらず、珍しがられたのかいろいろ詮索されたことと、瞳美が「聴こえない子」であると知った時に向けられる憐憫《れんびん》の視線に居心地が悪くなったのが足が遠のいた理由だった。

今日は日曜日だからさほど目立つまいと思った通り、幼児から就学年齢の児童まで、大勢の子供たちが遊んでいた。夫婦揃って来ていたり、男親だけというのも荒井だけではなかった。

安堵《あんど》して中に入った途端、瞳美の目が輝いた。

〈ブランコがある！〉

繋いでいた手を放し、大好きなブランコに向かって駆けていく。走って追いかけたが、追いつくより早く瞳美は空いたばかりのブランコを摑んだ。

その時、

「よこはいりするなよ！」

ぐいっと肩を摑まれ、瞳美が驚いて振り返る。

同じ年ぐらいの男の子が、怒ったように瞳美を押しのけてブランコを摑んだ。

「ならんでないじゃん！」

何を言われたか分からぬ瞳美は首を傾げ、

〈のっちゃダメなの？〉

と手話で返した。今度は男の子がきょとんとした表情になった。

そこに荒井がようやく追いついた。瞳美の前に回り、

〈ブランコに乗るのに、みんな並んで順番を待ってるんだ。あっちで待たないといけないんだ〉

指さした方に、二人の子供が立っているのを見て、瞳美もようやく合点《がてん》がいったようで、

〈ごめんなさい〉

と言ってその場を離れた。男の子はまだ不思議そうな顔で振り返っている。

瞳美が二人の子の後ろに並ぶと、前にいた女の子が、

「じゅんばん、ぬかしちゃいけないんだよ」

と諭《さと》すように言った。その言葉を理解はしていないだろうが、瞳美は、

〈まってるのしらなかったの〉

と手話で答えた。

女の子が不思議な顔になる。

「なによそれ」

〈わたし、ブランコすきなの〉

「なによー、ふざけてるのー」

女の子は口を尖らせた。

間に入ろうとした時、母親らしき女性が駆け寄ってきて、「ごめんなさい」と荒井に向かって頭を下げた。

「ちさと、あっちに行きましょう」

「えー、ブランコのるー」

「ゆずってあげましょう」

「いいえ、いいんですよ」

荒井は言ったが、母親は「すみません」と頭を下げながら女の子を連れて去って行った。

瞳美は気にした風もなく順番待ちに並んだが、荒井は胸のつかえが残った。

順番が来て、ブランコに駆け寄って行く瞳美に、危なくないよう手を添える。ブランコをこぎながら、瞳美が何度も振り返る。両手がふさがっていても〈押して〉〈もっと〉と言っていることは伝わる。

苦笑してその背中を押しながら、ふと、美和も小さい頃はブランコが好きだったな、と思い出していた。

みゆきと交際を始めた頃。瞳美と違って人見知りをする子だった美和だが、一緒に公園に遊びに行くうちに次第に打ち解けていったのだ。よくこうしてブランコに乗る美和の背中を押したものだ。

――もっと！

――おじちゃん、もっと強く押して！

今の瞳美と全く同じように、そうせがんだ。やっぱり姉妹なんだな、とおかしくなった。

その美和ももう、誰かに背中を押してもらう必要などない年齢になった。

この前の件は、みゆきには伝えていなかった。

話さないでくれと言われたこともあるが、美和と実父、そしてみゆきとの関係については、自分が口を出すべきではないと思ったからだった。

少なくとも、「今」は。

もしかしたら「その時」も、さほど遠くない時期にくるのかもしれない——。

ブランコを楽しんだ瞳美は、滑り台に駆け寄って行く。

その瞳美を追いかけながら、児童公園も昔とはずいぶん様変わりしていることを思う。同じブランコでも四人乗りの箱型のものはなくなり、シーソーや回旋遊具の類《たぐい》もない。おそらく「危険」と判断され、撤去されたのだろう。代わりに、健康遊具のようなものが増えている。

仕方がないとは言え、二人の娘が好きだった一人乗りのブランコも姿を消して行くのかもしれないと思うと、少し寂しさを覚えた。


遊びを満喫しての帰り道。同じように帰途につく親子が近くを歩いていた。楽しそうにおしゃべりをしながら歩く彼らのことを見ていた瞳美が、不思議そうな顔で言った。

〈なんで「えん」のおともだちとはなかよくおはなしできるのに、ほかのおともだちは、わたしがおはなしするとおこるの?〉

〈怒る?　何のこと?〉

〈さっき、ブランコにのろうとしたとき〉

気にしていないように見えて、やはり気になっていたのか。

〈怒ってなんていないよ〉

〈えー、おこってた〉

〈最初の子はね、順番を抜かされたと思ったんだ。でも瞳美は知らなかったからしょうがない。ちゃんと謝ったから大丈夫〉

〈ごめんなさいしてもおこってたよ〉

〈怒ってなんかないよ、大丈夫〉

それでも瞳美はどこか納得していない顔だったが、

〈あ、きれいなおはな！〉

近くの幹《みき》いっぱいに咲いた百日紅《さるすべり》の花に目を輝かせ、駆けて行く。

その屈託のない姿に、小さく息をついた。


夕方になって、美和が帰ってきた。

〈お帰り〉

〈おかえりなさ〜い〉

瞳美が飛びついて迎える。

〈はい、ひーちゃんにお土産〉

美和が小さなぬいぐるみを渡す。

〈かわいい〜〉

何の動物かは分からないが、ふわふわした素材で握ったり揉んだりすると楽しいようだ。

〈おねえちゃん、ありがとう！〉

〈わざわざおもちゃ屋に寄ったのか？〉

〈ううん、ファミレスのレジで売ってたから〉

〈司は？　駐車場満杯だった？〉

送ってきたはずの甥の姿が見当たらなかった。車を停めているにしても遅い。

〈家の前まで送ってくれたんだけど、寄らないで帰るって〉

〈……そうか〉

何を遠慮したのかと少し気になった。


翌日、派遣通訳の仕事で近くまで行ったついでに、司が働いている自動車整備会社まで足を延ばしてみた。深見や新開の顔も久しぶりに見たかった。

あらかじめ連絡を入れておいたため、受付で名乗ると、深見はすぐに現れた。

〈ごぶさたしております。よくいらっしゃいました〉

〈こちらこそ、甥が世話になりながら挨拶もせずに〉

挨拶を交わすと、深見はすぐに、

〈司くんの仕事振りをご覧になりたいでしょう？　案内します〉

と先に立って歩き出す。荒井もその後を追った。

〈荒井さんは車はお乗りにならないんでしたよね〉

〈ええ、一応免許は持っていますが完全なペーパードライバーです〉

〈じゃあ、こういうところは珍しいでしょう〉

〈そうですね〉

大手の自動車メーカーの子会社だけあって、敷地はかなり広かった。

〈うちは指定工場といって自動車の検査ラインも持っているので、車検の完成検査まで行うことができるんです。軽自動車から大型トレーラーまで対応できますから〉

〈凄いですね〉

正直に言えばその「凄さ」を実感することはできないのだが、深見の話し振りからかなり誇れることなのだろうと察しはついた。

〈あっちが洗車スペースです。高圧洗車機を使って洗車します。うちでは点検や車検、重整備された方には洗車をサービスして、さらに無料洗車券を進呈してます。特に高齢のお客様には喜ばれますね〉

〈あれはボディ載せかえクレーン。二トン天井クレーン五基を配備して、計十トンの高揚能力を利用して、大型車のボディを載せかえます〉

〈あれは金属裁断機……あっちは塗装ブース……これは大型タイヤチェンジャーです……〉

あちこち案内され、ようやく司が仕事中だという整備ブースにたどりついた。

〈ここが整備ブースです。大型トラック三台が同時に入れるスペースがあります〉

中では何台もの自動車が整備中だった。

〈タイヤのパンク修理からカーエアコンの修理、ボディのへこみ、何でも修理します。司くんはあっちですね。新開もいますよ〉

司はまだ見習い整備士で、一人で作業することはできない。上級整備士の指導・監督が必要になるのだと説明を受けながら、近づいていった。

ジャッキで持ち上げられた車の下で作業をしている司が見えた。そばに、同じツナギ姿の新開の姿があった。

近づいていくと、新開の方が先に荒井たちに気づいた。

〈やあ、いらっしゃい〉

荒井たちに挨拶してから、新開は、作業中の司のお尻を軽く足で蹴った。その乱暴な合図に司は当たり前のような顔で起き上がり、新開のことを〈何ですか?〉というように見た。

新開がこちらに視線を向け、それを追って司も荒井たちのことを見る。

〈お疲れ様〉

荒井の言葉に、司は小さく頭を下げて応えた。


〈引き出しっていうのは、板金作業の一つで、専用の道具を使ってへこんだ部分を引き出す作業のことね。ボディのへこみなんか「パテを盛って成形すればいい」と思うだろうけど、むやみに厚盛りすると走行中の振動でヒビ割れたり剝がれ落ちたりすることがあるわけ。だからパテはできるだけ薄く塗り込むのが基本。小さなへこみだったとしても可能な限り事前に叩き出す。きれいに叩き出せなかったとしても必要最小限のパテ盛りで済ますことができるからね。分かる?〉

新開の「車の損傷個所の修理」についての講釈がひとしきり続いていた。

〈そんな大変な作業を司もやってるんだな〉

〈そうそう、こいつも結構やるようになったよ。大したもんだ〉

そう言って新開は、ようやく司の方を見やった。

尊敬する相手から褒められ、司も嬉しそうだった。

休憩を与えられた司と一緒に、飲み物の自動販売機がある場所へと移動した。

〈何飲む〉

〈……コーラ〉
司のコーラと、自分のウーロン茶を買い、渡す。
〈昨日は、ありがとうな〉
〈……うん〉
普段から無口な方とはいえ、ずいぶん返事がそっけなかった。
〈仕事、大変そうだな〉
〈そうでもないよ、もう慣れた〉
〈テキパキやってたもんな。恰好良かったよ〉
褒めても、さほど嬉しそうな表情はない。
司の方からその話が出ないので、仕方なく荒井は言った。
〈また、美和の様子見がてら気分転換に付き合ってやってくれよ〉
司はすぐには応えなかった。しばらくして、荒井を窺うように見る。
〈昨日帰ってから、美和ちゃん、なんか言ってた？〉
〈なんかって……楽しかったって。司にも感謝してるって言ってたよ〉
〈……まあそうだろうな〉
何か含むところがある物言いだった。
〈昨日、何かあったのか？〉
〈美和ちゃんは何も話してないの？　向こうで誰と会ったとか〉
誰と会った？
〈いや、誰かと会ったのか？〉

〈……何だか俺、間抜けな役回りでさ〉

司が自嘲気味に言う。

〈美和ちゃん、向こうで、男と待ち合わせてたんだよ〉

一瞬絶句した。

すぐに、何かの勘違いだろうと思い、

〈男って、塾の先生とかじゃないのか？　あるいは、案内してくれる向こうの学校の職員とか〉

と問い返した。

〈いや先生とかじゃない。同じ年頃の男の子だったから。要はボーイフレンドだろ〉

ボーイフレンドと聞いて、思い当たった。だが合点がいかず、再び尋ねる。

〈開栄高校を見学に行ったんじゃないのか？〉

〈学校を見に行くっていうのは本当だったんだけど、学校の前まで行ったら、見学は自分だけでしてくるから、俺には一時間ぐらいどこかで待っててくれって。え、って思ったんだけど、一緒に回っても退屈するだけだから、って言われて。まいいかと思って美和ちゃん降ろして、どっか止められるところないかと車動かしてたら、また学校の近くに戻ってきちゃって……その時、見ちゃったんだ。美和ちゃんが同じ年ぐらいの男と二人でファミレス入るところ。向こうは俺に見られたって気づいてないから、そのまま通り過ぎたけど〉

〈それで……〉

〈それで、言う通り一時間ぐらいしたらＬＩＮＥで【終わったから迎えに来て】って。で、元の学校の前まで迎えに行って。帰ってきた、ってわけ〉

〈そうか……悪かったな、わざわざ連れて行ってくれたのに〉

〈いや俺はいいけどさ。美和ちゃん受験生だろ？　親に嘘ついてわざわざあんなとこまで行って彼氏とデイトっていうのはどうなの。チクるみたいで嫌だけど、一応叔父さんには知らせておこうかと思って〉

〈分かった。ありがとう〉

〈相手に心当たりあるの？〉

〈たぶん。美和より少し身長高いくらいの、大人しそうな感じの男の子だろう？〉

〈そうだね。知ってるんだ〉

〈ああ、美和の幼馴染《おさななじみ》みたいなもんだ〉

〈へえ、そうなんだ。ろう者？〉

〈え？〉

〈違うの？　手話でしゃべってたけど。どっちか微妙だな、とは思ったんだけど、日本手話だったから〉

〈ああ、そうか。……いや、聴こえる子だ〉

〈なんだ〉

司が、がっかりしたような顔になった。

〈ろう者だったらまあ許してやろうかと思ったけど。聴こえる奴か〉

許すも何もないだろうと思ったが、司の顔を見たら何も言えなくなった。

〈やっぱり美和ちゃんも聴こえる奴がいいんだな。当たり前か〉

その顔は、寂しそうだった。

美和と司は、いとことは言っても血は繋がらない。子供の時から会っていて、会えば親しく会話しているが、美和には間違いなく「親戚のお兄ちゃん」以上の感情はないだろう。

だが司の方は？　単なるいとこ以上の感情を抱いていたのかもしれないと、その時初めて気づいた。


迷ったが、その夜、司から聞いたことをみゆきに話した。

「英知くんと？」

案の定、みゆきは眉をしかめた。

「なんで言わなかったのかしら。そんなの隠すことじゃないのに」

「これは俺の想像だけど……」

荒井は、考えたことを話した。

「もう一度開栄を見に行って気持ちを盛り上げたいっていうのは本当だったんじゃないか？　それも、英知と二人で見に行ければなおモチベーションも上がる。そんなことを二人でＬＩＮＥを通じて話していたのかもしれない」

「だったらそう言えばいいじゃない。別に反対はしないわよ」

「そうかな。このコロナ禍で、同じ県内とはいえ、電車でかなりの距離を移動して、しかも男の子と二人で、って言われてどうぞ行ってらっしゃいって言えたと思うか？」

みゆきは、返事に詰まった。

「たぶん、今は止めた方がいいと言ったはずだ。気持ちは分かるけど、感染のリスクもあるし、学校とかに知れたら何て言われるか分からない、とな」

「そうかもしれないけど……」

「そんな時に、司からドライブに誘われたんじゃないか？　司の方は本当に気分転換にどうかと軽い気持ちで言ったんだろうけど、美和にとっては渡りに船だったんだろう」

「そうかもね……」

呟いてから、少し不安げな表情を浮かべた。

「でも、本当にそれって英知くんなの？　英知くんならまだ安心だけど、もし他の知らない……」

「いや、英知に間違いないだろう。司の言う相手の背恰好や、それに」

司から聞いたことを伝える。

「二人は、手話でしゃべってたって言うんだ。美和にろう者の男の友達はさすがにいないだろう」

「手話で？」みゆきが、案ずるような顔になった。

「英知くん、まだ……？」

「いや、今はしゃべれるようになってるはずだ」

みゆきは眉根を寄せた。「じゃあ何でわざわざ手話で？」

「その方が、お互い伝えたいことが伝えられるんじゃないかな」

「口で話すより？」

みゆきは、納得できない顔だった。

だが、荒井には分かった。

あの頃——互いに小学校低学年だった短い時間。毎日のように会っていた英知とのコミュニケーションは、覚えたての手話しかなかった。

互いにぎこちない動きだが、それでも一生懸命意思の疎通を図ろう、互いの気持ちを伝え合おう、と二人で手と顔を動かしていた光景が、今でもありありと思い浮かぶ。

あの時に、戻ることができるのだろう。

あの時の想いに。

だが荒井は、それをみゆきに説明できなかった。どういえば分かってもらえるのか、いや、きっと彼女には分からないだろう。そう思ったのだ。

そしてそのことに、荒井はどこかで罪の意識を覚えていた。その感情がどこからくるのか、分からないのだった。

この件で美和を問い詰めるのはやめよう、ということで二人の意見は一致した。

そして、美和がそれからがぜんやる気になったのは、荒井の目から見てもはっきりと分かった。


数日後、勝俣郁美の第一回公判期日がきた。

第十章　公　判

公判は、東京地裁の小法廷で開かれた。

開廷時間にはまだかなり間があったが、荒井が着いた時にはすでに新藤と瑠美が先に並んでいた。被害者や遺族の親族であれば特別傍聴席も用意されるが、被告人の支援者というだけでは他の傍聴人たちと条件は変わらないのだ。

二人と挨拶を交わしていると、見知った顔が数人現れた。郁美のろう学校時代の同級生たちだった。そのうちの一人は、証人としても出廷する。

〈大丈夫ですよね〉

緊張の面持ちで尋ねてくる彼女に、新藤が答える。

〈大丈夫です、片貝先生が必ずいい結果を引き出してくれます〉

そして荒井の方に〈ね?〉という視線を送ってくる。

〈ええ、大丈夫〉

荒井もそう答えた。

そう、片貝に任せておけば大丈夫。胸の内で言い聞かせる。

やがて開廷時間になり、荒井は瑠美らとともに中へと入った。

そもそも傍聴席の少ない法廷であることに加え、ソーシャルディスタンスを保つため間隔を空けて座らなければならない。十五ほどの席は開廷と同時にすぐに埋まった。

検察官、弁護人ともにすでに入廷していた。荒井も何度か座ったことのある通訳人席には、神野真美の姿があった。目が合ったので、黙礼を交わす。

荒井は、中央の証言台に目をやった。最前列の席がとれたため、そこに立つ人の顔もよく見えるはずだ。

扉が開き、手錠と腰縄をつけられた郁美が、二人の刑務官に付き添われて入廷してくる。隣の席の同級生たちが身を乗り出した。郁美はこちらを見ることはなかった。

法廷内で一段高くなっている後ろの扉が開いた。黒色の法服姿の三人の裁判官たちが入ってくる。事務官の「起立願います」の言葉に、検察官や弁護人、書記官、傍聴人らは立ち上がった。一礼したあと、裁判官たちが座るのに合わせて着席する。

「外してください」

裁判長の一言を受け、刑務官らが郁美の手錠や腰縄を素早く外した。

「では開廷します」

裁判長による開廷宣言で、ついに初公判が始まった。公判は、「冒頭手続き」というものから始まる。

「被告人は前に」

裁判長の言葉を、神野が手話通訳をする。なめらかな日本手話だった。それを見て、郁美が証言台へと向かう。冒頭手続きではまず、「人定《じんてい》質問」が行われる。

裁判長が郁美の現住所、氏名、職業、年齢などを尋ねた。神野がそれを手話で表出し、郁美が手話で答える。それを神野が音声日本語で裁判官たちに伝えていく。そのやり取りを繰り返した。

「それでは、これから検察官に起訴状を朗読してもらうのでよく聞いていてください。検察官、お願いします」

「はい」

検察官が立ち上がり、起訴状の朗読を始めた。

「被告人は、令和二年五月十日……」

神野がそれを手話にするのを、郁美はじっと見つめていた。

「よって、同人に加療《かりよう》約三週間を要する腹部《ふくぶ》刺創《しそう》を負わせたものである。罪名および罰条《ばつじよう》。傷害。刑法第二百四条。以上の事実についてご審理願います」

検察官が着席すると、裁判長が被告人席に座る郁美に向かって言った。

「これから朗読された事実について審理を行いますが、審理に先立ち、被告人に注意しておくことがあります。あなたには黙秘権というものがあり……」

〈……逆に被告人がこの法廷で述べたことは有利であれ不利であれ証拠となります。この点を十分注意して述べてください〉

神野の手話を見て、郁美は肯きを返した。

裁判長が続ける。

「それでは、事件について被告人の意見を聞きます。今検察が述べた公訴事実に、何か間違いや言い分はありますか」

神野がそれを通訳すると、郁美はゆっくりと手を動かした。

〈ありません〉

「弁護人はどうですか」

片貝が立ち上がり、日本語対応手話で答えた。

《弁護人の意見も被告人と同様です》

それを片貝の向かいに座った専属通訳が「弁護人の意見も被告人と同様です」と音声日本語で伝える。

「分かりました。被告人は元の席へ戻ってください」

神野が手話で伝えると、郁美は肯き、被告人席へと戻った。

「これから証拠調べを行います。まずは検察官、冒頭陳述をどうぞ」

「はい。検察官が勝俣郁美に対する被告事件について証明しようとする事実は以下の通りです……」

検察官の冒頭陳述が始まった。

被害者・勝俣智子は夫と早くに離婚しており、女手一つで被告人である娘・勝俣郁美のことを育て……というところから始まり、被告人がコロナ禍《か》で失職して母親と同居するようになってから、失業や就職活動について母親が心配して意見するのを鬱陶しく思うようになり……というように犯行に至るまでの経緯について語っていく。

「……そして事件当日、毎日の料理を押し付けられていたことに不満を抱いていたことに加え、煮物の味付けを非難されたことで怒りにかられ、手にしていた包丁を被害者の腹部に向かって……」

これらも全て、神野が手話で郁美に伝えた。郁美の表情に変化はなかった。

続いて、弁護側の冒頭陳述――。

片貝が立ち上がった。

《勝俣さんが包丁で発作的にお母さんを刺してしまったのは事実です。しかし、動機や経緯は検察官が主張するようなものではありません。勝俣さんが発作的な怒りを覚えたのは、料理の味付けを非難されたからではなく、日ごろから料理を押し付けられて不満を覚えていたなどという事実もありません。勝俣さんの行為には、刑を決める際には十分に考慮されるべき事情があります。これからそれを立証していきます》

片貝が着席すると、裁判長が告げた。

「それでは、双方から請求のあった証拠の取り調べを行います。検察官は、証拠書類の内容を説明して下さい」

「はい」

検察官が立ち上がり、証拠書類をモニターに映しながら説明をしていく。

「犯行に使用されたのは、こちらの洋包丁で、鎌形《かまがた》と言われる刃渡り十七センチのものです。肉を切るだけでなく、野菜を刻むなど幅広い用途に使うもので、被告人の家でも料理の際に日常的に使われていました。鑑定の結果は、創傷《そうしょう》の性状と一致をみました」

続いて、医師の診断書と傷口の写真。

「着衣の上からの腹部刺創で、創口《そうこう》二センチメートル、深さ三センチメートルと浅いものではありますが、被害者が求めたにもかかわらず被告人が止血や洗浄、傷口の保護などの応急手当てを行わなかったため、加療三週間を要するものとなっています」

犯行当時の状況を詳しく説明するための被害者――智子の証言については、供述調書による証拠調べではなく、「人証」、つまり本人への尋問《じんもん》で行われることになっていた。

「証人は、前へ」

裁判長の指示に従い、傍聴席の荒井たちと反対側に座っていた智子が立ち上がった。

緊張した面持ちで証言台へと向かう。被告人席に座る郁美の方に目をやることはなかった。

証言台に置いてあった紙を読み上げ、「宣誓」をする。智子の声は少し震えていた。

「それでは、検察官、主《しゅ》尋問をどうぞ」

「はい」

検察官が立ち上がる。

「事件当夜のことから聞きます。犯行が行われた時の状況ですが、その時、あなたと被告人がどこで何をしていたか、教えてください」

「はい」智子は小さく咳払いをしてから、答えた。

「娘はキッチンで料理をしていました。私は仕事から帰ったばかりで疲れていたので、最初は居間でくつろいでいたのですが、そろそろ料理が出来上がるというので、味見をしようかとキッチンにいきました」

「料理の担当は、いつも被告人ですか？」

「あの子が帰ってきてからは、そうです」

「それは、なぜですか？」

「私は仕事をして帰りも遅いですし、あの子は現在は仕事をしていないので、話し合って、料理はあの子がする、ということになりました」

「あなたが料理の味見をする、というのはいつものことなのですか？」

「いつも、というわけではありませんが、正直言って娘は料理があまり得意ではないので、たまに、確認をするということはあります」

「そのことについて、被告人は何か言っていましたか？」

「具体的には言っていませんが、自分がつくった料理を味見されることに不満を覚えている感じはありました」

「そして当夜も、あなたが味見をしたわけですね」

「はい」

「その後、どうしましたか」

「少し味が薄かったので、『ちょっと味薄いわね。しょうゆ足すわよ』と言って……」

いつか片貝や新藤と一緒に智子のアパートを訪れ、聞いたことと同じ内容の証言が語られた。あの時よりはかなり整理され、言いよどむ場面もなかった。

「刺された後、あなたは被告人に何と言いましたか？」

「何をするの。何でこんなことをするの。と言ったと思います」

「被告人は何と答えましたか？」

「何も。何か叫んではいましたが、興奮して言葉になっていないようで、何を言っているか分かりませんでした」

「それで、あなたはどうしましたか？」

「とにかく痛いし、服の上から血がにじんでいるのが分かったので、娘に何か手当てするものを、タオルとか包帯とか絆創膏《ばんそうこう》とか、何でもいいから持ってきてと言いました」

「それに対して被告人はどうしましたか？」

「いくら言っても相変わらず泣き叫んでいるだけでした……痛くて動けなかったので、自分の携帯で救急車を呼びました」

「その後、医師から応急手当てについて、何か言われましたか？」

「はい。もう少し応急手当てを早くしていれば怪我の程度ももう少し軽く、治療にもここまで時間はかからなかったはずだ、と言われました」

「最後に、娘さんに何か言いたいことはありますか」

検察官は、それまで「被告人」と呼んでいたのをその時だけ言い換えた。

「はい」

智子は、裁判官たちに向かって言った。

「私に何か不満を持っているなら、ちゃんと言ってほしかった、と思います。刺されたことについては強く怒ってはいません。興奮して、訳の分からないままに包丁を突き出してしまったのだと思います。ただ、その後一言も謝りもせず、反省した様子もないのが親として心配です。自分のしたことにはきちんと向き合い、反省してもらいたいと思います。親の気持ちも……子供の頃からいろいろ口うるさく言ってきたと思いますが、子供のことを心配する親の気持ちからだということも、分かってもらいたいです」

荒井の隣で、同級生たちが小さく手を動かしている気配がした。よくは見えなかったが、おそらく智子に対する不満を言い募《つの》っているのだろう。

「質問は以上です」

検察官が座った。

「では、弁護人は反対尋問をどうぞ」

《はい》

片貝が立ち上がった。

《証人にお尋ねします。あなたは、何か持病をお持ちですか？》

唐突な質問に、智子はもちろん、検察官や裁判官たちさえも怪訝《けげん》な顔になった。

智子が眉にしわを寄せながら答える。

「持病？　いえ……ありませんが」

《最近、医師に診てもらったことは？》

「ありません」

《医師から何か薬を処方されていませんか》

「……いえ、あの、今はコロナもあって、クリニックに行くのも控えているので……」

《以前は薬を処方されていたことがあるのですね》

裁判官も検察官も、一体何の話をしているのかと不思議そうだった。傍聴人たちも顔を見合わせたりしている。

戸惑いながらも智子が答えた。

「検診でちょっとひっかかって……血圧の薬を」

《降圧剤ですね》

「はい」

「異議あり」

検察官が立ち上がった。

「弁護人は本件と無関係の質問をしています」

裁判長が片貝に向かって尋ねた。

「その質問は本件と関係があるのですか？」
《はい、本件の犯行動機と密接に関わりがあります。それをこれから立証いたします》
「分かりました。異議を棄却します。それでは続けてください」
検察官は不服げに腰を下ろした。
《質問を続けます。証人は普段、血圧が高いため、医師から降圧剤を処方されている。しかしその薬を、今は飲んでいないということですね》
「だから、コロナの感染が心配なので、今クリニックに行くのは控えてるんです。血圧ぐらいは自分で何とかなりますし」
《何とかなるというのは、どういうことですか》
「食事とか、いろいろ、自分で気を付けるようにしているので」
《塩分を控えるとか、そういうことですね。塩分が高くなると高血圧にはよくない。特に薬を飲んでいない今は、食事には気を付けなければいけない、そういうことですね？》
「そうです」
検察官がハッとしたような表情になり、何やら書類を捲りだした。
《先ほど、事件当夜についての証言で、刺される直前の様子について話していました。もう一度お訊きしたいのですが、郁美さんに刺される直前、あなたはどこで、何をしていましたか？》
智子がうんざりしたような顔で応えた。
「キッチンで鍋の味見をしていました」
《被告人のつくった煮物の味見をしていた。そして、郁美さんに何と言いましたか？》
「……ちょっと味薄いわね。しょうゆ足すわよ、と言いました」

《ちょっと味薄いわね。しょうゆ足すわよ》
片貝は、その言葉を繰り返した。
《血圧が高くて医師から降圧剤を処方されていて、さらにその薬を今は飲んでいないのに、塩分を加えようとした、ということですね?》
智子は答えに窮《きゅう》した。
《質問を変えます。郁美さんは、あなたの血圧が高めであること。降圧剤の薬を処方されていること。しかしあなたは最近その薬を飲んでいないことを知っていましたか?》
智子は、ちらりと被告人席の方に目をやった。彼女が娘のことを見たのは、その日初めてのことだった。
「……知っていたと思います」
《そうすると、郁美さんが薄めの味付けをしたのは、あなたの血圧が上がらないように、あなたの体を心配しての配慮だったのではありませんか?》
智子が、小さく俯《うつむ》いた。
「……そうかもしれません」
《しかしその時は、そう思わなかった?》
「……少し……少しはそう思いましたが……」
《少し思った、というのは推察のように聞こえますが、郁美さんは、そのようにはっきり言ったのではないですか? 「お母さんの体のことを考えて味を薄めにしている」と》
智子が、絶句した。
《答えてください。郁美さんは、そう言いませんでしたか?》

　智子は、答えなかった。呆然としたような表情を浮かべ、片貝のことを見つめていた。裁判長が促した。
「証人、質問に答えてください」
　智子は、ようやく口を開いた。
「……分かりませんでした」
《分からなかった？》
　検察官が眉根を寄せていた。裁判官も首を傾げている。
　片貝が質問を続ける。
《郁美さんは、そんなことを言ってない、ということですか？　それとも、娘さんが何と言っているか、分からなかった、ということですか。どちらですか？》
「……娘が何を言っているか分かりませんでした」
《郁美さんは、その時、あなたに手話で話していましたか？》
「……いえ、最初は口話《こうわ》で話していたと思います」
《口話で。つまり、声を出して、あなたと同じ音声日本語で話していたのに、何と言っているか分からなかったのですね》
「……はい」
《それは、なぜですか？》
「なぜって」智子は困惑した表情を浮かべた。
「なぜも何も、何て言ってるか分からなかった、そういうことですけど」
《つまり、郁美さんの音声日本語が不明瞭で、何と言っているか分からなかった、ということで

すね》
「そうです」
《それで、あなたは何と答えましたか》
「……何言ってるか分からない、と」
《それに対し、娘さんは何と答えましたか？》
「分かりませんよ、その後も何か言ってたけど、何言ってるか分かんないから、構わずしょうゆを足そうとしたんですよ」
《それに対して娘さんは？》
「しょうゆを手にした私の手を摑んで、無理矢理ひきはがそうとして。だから私も頭にきて、その手を振り払って」
《その間も娘さんはあなたに対して何か言っていませんでしたか？》
「言ってましたけど、何言ってるか分かるわけないじゃないですか」
《音声日本語が不明瞭だから？》
「違いますよ、あの子が途中から手話を使い出したからです！　包丁を持たないもう一方の手を動かして、険しい顔して！　手話なんて分かるわけないじゃないですか、手話なんて使うから、口で話すのが下手になったんですよ！　私の言うこときかないで勝手に手話を使うようになって、あの子はバカになった。親に逆らうバカな子に！　手話のせいで、ほんとにお前はバカになったよ！」
法廷が、静まり返っていた。
智子は、ハッとしたように口を押さえた。

《そう、言ったんですね。娘さんに》

智子は呆然と片貝を見返した。

《事件の夜、郁美さんに刺される直前、あなたは今のように彼女を罵倒《ばとう》したんですね。「お前はバカになった」「手話のせいで、お前はバカになった」と》

全員が、智子のことを見つめていた。

智子は、ゆっくりと肯き、答えた。

「言いました」

「反対尋問は以上です」

片貝は座った。

「それではこれで尋問を終わります」

裁判長が言ったが、智子はその場から動かない。

「証人は下がっていいですよ」

裁判長から促され、ようやく智子は、元にいた場所へと戻って行った。被告人席の方を見ることは、なかった。

「それでは、弁護側の証人をどうぞ」

傍聴席にいた郁美のろう学校時代の同級生のうちの一人が、立ち上がった。

片貝は女性に、郁美と母親との関係について尋ねた。彼女は荒井たちの聞き取りの際と同じく、「母親は厳しい人で、郁美は母親の言うなりだった。家でも手話は禁止だった」という証言をした。

片貝が、尋ねる。

《あなたも、郁美さんと同じように家族とは口話でコミュニケーションをとっているのですか?》
〈そうです〉
《家族は手話はできないのですね?》
〈はい〉
《それで、何か問題は生じていますか?》
〈……そもそもあまりこみいった話はしないので、とりあえず日常生活には支障ないですけど〉
《こみいった話をしない、というのはたとえばどんな話ですか?》
〈悩み相談とかはしないですね。そういう複雑な話になると、こっちも口話がうまくないし、向こうの答えもうまく読み取れないし、で。面倒くさいので普段からしません〉
《悩みというのは、例えば?》
〈今だったら仕事の悩みとか、人間関係とか。学生時代だったら友人関係とか。勉強のこととか。恋愛関係なんて、絶対親には話しません〉
そう言って、彼女は笑った。
《それはいつぐらいからですか?》
〈最初からです。もう小学生ぐらいの頃から。言っても分かんないって〉
《子供の頃からお互いに深い内容の話をしない。そうすると、お互いのことがよく分からなくなりませんか。考えていることとか、性格とか》
〈分かりませんね。多分親は、私の本当の姿を何も知らないと思います。私も、親のことが今でもよく分かりません。聴こえる人でもそういうことはあるかもしれませんが、私たちは特に、家族とそういう関係の人が多いんじゃないかと思います〉

《では、友達とはどうですか。手話のできる、同じ聴こえない友達とは。もっと深い話をしますか？》

〈それはもちろんします〉

彼女は再び笑顔を見せた。

〈友達とは恋バナもするし、ケンカもします。彼女とも〉

そう言って、被告人席の方を見た。

〈郁美とも、何度もガチギレのケンカをしました。でも、すぐに仲直りできます。普段何を考えているか分かるから、ケンカをしてもいっときのことです。友達って、そういうもんじゃありませんか？〉

彼女は、郁美のことを見て、言った。郁美も、彼女のことを見返していた。

目と目を合わせただけで通じる。二人の関係がそういうものであることは、誰の目にも分かった。

《ありがとうございました。質問は以上です》

「検察官、反対尋問はありますか」

「……特にありません」

「それでは、被告人は前へ」

裁判長の言葉を神野が手話通訳し、それを見て郁美が立ち上がった。証拠調べの最後には「被告人質問」が行われる。

証言台へと向かう郁美に向かって、傍聴席に座る同級生たちが、一斉に手と顔を動かした。裁判官たちに気づかれないよう、小さな動きではあったが、顔の前で両手のひらをクロスした状態から左右に広げる。続いて、親指だけを立てて前に倒した左手の親指のつけねの辺りを、右手で前に押し出すように二回叩いた。

〈応援〉のスクールサインだ。

裁判官や検察官には分からずとも、郁美の目にははっきりと映ったはずだ。

〈がんばれ〉

〈がんばれ郁美〉

〈みんな郁美の味方だよ〉

郁美が小さく肯くのが見えた。

証言台に立った郁美に、片貝が質問を開始した。

《事件当日のことについてお尋ねします。あなたは、煮物の味付けを、普段より薄くしましたか?》

〈はい〉

《それはなぜですか?》

〈母の血圧が高いこと、最近コロナでクリニックに行っていなくて、薬がきれてしまい飲んでいないことを知っていたからです。せめて塩分は控えめにしようと〉

《それなのに、お母さまは勝手にしょうゆを足そうとした、あなたは、自分の味付けをけなされたと感じて、カッとしたのですか?》

〈いえ、そうではありません〉

《お母さまが勝手にしょうゆを足そうとして、あなたがそれを止めた時、お母さまはあなたに何

と言いましたか？》
　郁美は悲しそうな顔で首を振った。
〈母が何と言っているか分かりませんでした。早口だったし、母としばらく離れていて、口を読むのも難しくなっていたんです〉
《普段の会話はどうだったのですか？》
〈普段もそうです。お互いに、なので、母と会話することは、少なくとも今回帰ってからはほとんどありませんでした。お互いに何か言われた時、イエスかノーかで答えられるような、簡単な会話をするぐらいです〉
《しかしお母さまに何か言われた時、あなたも反論しましたよね。その時は何と言ったのですか》
〈血圧高いでしょ、お医者さんにも塩分控えめにって言われてるでしょ、と言いました〉
《お母さまはそれに対して何と答えましたか？》
　郁美は再び首を振った。
〈分かりません。私の言ったことが伝わっているかも、母が何を言っているかも分かりませんでした〉
《それで、お母さまは構わずしょうゆを足そうとしたのですね。それに対し、あなたはどうしましたか》
〈母が何を言っているかは分かりませんでしたが、構わずしょうゆを足そうとしているので、私も感情的になってしまい、手話が出てしまったんです。母には手話は通じない、口話以上に理解できないと分かっているのに、つい〉
《手話で、何と言ったんですか？》
〈お母さんの体を心配してるのに、何で分からないの？　何で私の言うことをいつもきいてくれ

ないの？　と言いました〉
《それに対しお母さまは何と？》
郁美は、唇をかみしめ、首を振った。
〈何を言っているかは分かりませんでした。さっき言ったようにいつもより早口でしたし、顔も、口元もこっちにはっきり向けていませんでしたから〉
《一言も？　単語とか、何か分かる言葉はありませんでしたか？》
〈……手話、とか、バカ、とかいう単語を口にしているのは読み取れました〉
《それで、カッとなってしまった？　お母さまに罵倒され頭に血が上って、それで刺してしまったのですか？》
少し俯いた郁美だったが、すぐに顔を上げ、答えた。
〈そうじゃありません。そんなことじゃありません〉
《じゃあなぜですか？　なぜあなたはお母さまに向かって包丁を向けたのですか？》
郁美の口が閉じる。手が動かない。傍聴席の同級生たちが、裁判官に気づかれないように小さく手を動かしていた。
〈がんばれ〉
〈がんばれ郁美〉
〈私たちが〉〈俺たちが〉〈ついてる〉
郁美が意を決したように顔を上げた。その手が動く。
〈母が何を言っているかはっきりとは分かりませんでしたが、私には、こう言っているように感じました〉

辛そうな顔で、続けた。

〈あんたなんか、生まれてこなければよかったのに〉

〈あんたなんて、産まなきゃよかったのに〉

〈それからはよく覚えていません。全身がカッと熱くなって、手に力が入ってしまって、その手が、母のお腹に向かって〉

その言葉が神野によって音声日本語にされた時、突然叫び声がした。

みなの視線が傍聴席に集まった。

席に戻っていた智子が、立ち上がり、郁美に向かって叫んでいた。

裁判長から注意が飛ぶ。

「傍聴人、発言はやめてください。これ以上発言すると、退席させますよ」

通訳席の神野は戸惑っていた。裁判官から指示があったのならともかく、傍聴人の不規則発言まで通訳することは法廷通訳人の役割ではない。神野は裁判長の言葉だけを手話にした。

それを見た郁美は、ハッとしたように傍聴席を振り返った。

智子はまだその言葉を叫び続けていた。

「証人に退場を命じます」

裁判長の指示を受け、警備員が智子に歩み寄り、その手を取った。

証言台から郁美が、荒井のことを見ていた。手は動かずとも、彼女の言いたいことは分かった。

ためらいは一瞬だった。荒井は、手と顔を動かした。

今、智子が叫んでいた言葉を手話に――。

〈そんなこと言ってない！　思ったことだってない。あんたを産まなきゃよかったなんて、あん

たが生まれてこなきゃよかったなんて、そんなこと、思ったことだって一度もないよ！〉

郁美が目を見開いた。そして、退場させられる智子の姿を追った。

出口のところで、智子が郁美のことを振り返った。その手が動いた。

顔の前で両掌《りょうて》を合わせ、目を閉じ、こうべを垂れた。

手話ではない。しかし、その場にいた誰の目にも、母が娘に何と伝えたかったかは分かった。

ごめんなさい。

悪いのは、お母さんの方――。

そう言っていた。


検察官は論告求刑で「懲役《ちょうえき》一年」を主張し、片貝は最終弁論で被害者である母親自身が厳罰を望んでおらず、事件の全容が捜査の段階で分かっていれば不起訴もあり得た事案であること、母親とようやく歩み寄りはじめたことだけでなく、同級生などサポートしてくれる人もたくさんいるという事情を酌《く》み、「懲役刑では重すぎる。罰金刑が妥当である」と主張した。

最終陳述で、郁美が再び証言台に立った。

「最後に何か言いたいことはありますか」

裁判長から促され、郁美は手と顔を動かした。

郁美の手話を、神野が音声日本語にしてみなに伝える。

〈私は、あんなことするつもりはありませんでした。私はただ、お母さんの体が心配で。ただそれだけだったのに……なんであんなことになってしまったのか、今でも分かりません……〉

しばらく考えるように俯いていた郁美は、顔を上げ、続けた。

〈私は、お母さんと、もっと話がしたかった。お母さんのことをもっと分かりたかった。私のこともお母さんに分かってほしかった。お母さんは、一生懸命私に「ことば」を教えてくれようとした。わたしには聴こえない「ことば」を。でもいくら教えてもらっても、いくら口を読めるようになっても、私にはお母さんのことばは聴こえない〉

接見での沈黙が嘘のように、郁美は手話で語り続けた。

〈ずっと、お母さんは私のことを嫌いなんだと思っていました。私を産んだことを後悔しているのだと。私なんか産まなければ。私なんか生まれてこなければよかった、そう思っているのだろう、と。

でも、今日、初めてそうじゃないことを知りました。もっと早く知っていればよかった。そうすればこんなことにはならなかったんじゃないか。そう思えてなりません。

もし子供の頃から、言葉が通じていれば、もっとお母さんのことがよく分かった。お母さんも私のことがもっとよく分かった。私たちはもっと仲良くなれた。今、聴こえない友達と何でも話せるように。悩みも。嬉しいことも。悲しいことも。手話だったら心の内を打ち明けられる。お母さんとも、一度でいいからそういう風に話したかった。

お母さん、刺してしまってごめんなさい。傷つけてしまってごめんなさい。お母さんの言うことをきけなくてごめんなさい。聴こえない子供で、ごめんなさい〉

郁美の手の動きは、そこで止まった。

公判はその日で結審となり、二回目期日《きじつ》は判決の言い渡しになった。

懲役八カ月、ただし一年間、その執行を猶予する――。

検察側が控訴することはなく、判決は確定した。

エピローグ

判決を受け、郁美は即日釈放された。

今までであればささやかながら慰労会ぐらいは開かれるところだったが、コロナ禍《か》にあってそれもできなかった。郁美の身元は瑠美が引き受け、現在はフェロウシップの「寮」で生活しているという。仕事についても、ＮＰＯの手伝いをしながら新藤が職探しのフォローをすると聞いていた。

新藤や片貝、そして瑠美にも、その後会っていなかった。

一時は減少傾向にあったコロナの感染拡大は、秋になり、冬が近づくにつれ再びその勢いを増していた。毎日のように感染者は過去最大値を記録し、医療体制の逼迫《ひっぱく》が伝えられた。

「今年の瞳美の誕生会は、どうする？」

子供たちが寝静まった時間。ダイニングでテレビのニュースを眺めていた荒井に、みゆきが声を掛けてくる。

まだずいぶん先の話だったが、やはり気になっているのだろう。

「お義母《かあ》さんや兄貴たちを呼ぶのは、無理だろうな」

荒井が答えると、

「……やっぱりそうよね」

とみゆきも肯いた。

身内ばかりとはいえ、園子は高齢で、悟志も最近は血糖値が高いらしい。万が一感染した場合、重症化のリスクが高かった。二人とも残念がるだろうが、致し方ない。

園子に瞳美を預けるのをやめたことで、それでなくとも祖母と孫娘が会う機会は減っていた。園子の家にあったおもちゃを持ってきてくれた時に、久しぶりに顔を合わせたぐらいだ。

悟志一家とは、それ以上に会う機会はない。司ともあれきりだった。

司と美和があれからも連絡をとっているのかも分からない。美和の口から司の名前が出ることはないし、荒井たちが訊くこともなかった。

英知のことも。

美和は、先月にあった模試で、初めて開栄の合格圏内に入る結果を出した。本人の喜びは意外に控えめだったが、それだけ深く心に期するところがあるのだろう。今も、学校と塾に通う以外の時間はほとんど自室にこもりきりだ。

〈ちょっと根を詰めすぎじゃないか?〉

ある日、青白い顔で食卓に現れた美和に、荒井は軽い感じを装って言った。

〈そうよ〉〈体を壊したら〉〈元も子もないわよ〉

示し合わせていたみゆきも同調する。

だが美和は、〈大丈夫〉と短く答えただけだった。食事をする時間も惜しいのか、いつもより早いスピードで食べ終わると、〈ごちそうさま〉と席を立った。

「楽しい食卓の語らい」といった光景はすっかりなくなった。強く言い聞かせなくとも感じるのだろう、瞳美も最近は姉に甘えることも少なくなった。荒井やみゆきが相手にする以外の時間は、「おべんきょう」か、園子にもらったおもちゃで一人遊んでいる。

一年前とは、何もかもが変わってしまった。

コロナ禍のせいだけではない、と荒井は思う。良かれ悪《あ》しかれ、変わらないものなどないのだ。

そう、良い方に変わったこともあった。

トキ子が、県内にある「聴覚障害者専用の特別養護老人ホーム」のデイサービスに通い出したのだ。

そこには今、益岡が入所している。

益岡から「転居」の知らせをもらったのは、まだコロナ禍がここまで逼迫していない頃だった。

荒井は、県内にそういった特養があること自体、知らなかった。

「『高齢のろうあ者、中途失聴者、難聴者が聞こえなくても安心して暮らせる老人ホームを』という強い願いによって、十五年ほど前に開所したんです。聴覚障害者向けの特別養護老人ホームとしては全国で五番目になります」

まだ面会制限がされていない頃で、益岡を訪ねた荒井に、案内しながら職員が説明をしてくれた。

「全室個室で、六、七名からなるユニットが十ほどあります。職員は全員、手話ができます。聴覚障害のある職員も何名もいます」

その職員も、手話が達者だった。

〈やあ、よく来てくれたな〉

ロビーに設けられた簡易面会室で、七年振りに益岡と再会を果たした。

透明なアクリル板越しに見る益岡の表情は、多少老いは感じさせるものの明るかった。

〈ここはいいぞ、手話が使えて。天国だよ〉

その益岡の言葉に、トキ子のことを思い出したのだ。

毎日独りで過ごしながら、最期を迎えるための準備をしているその姿を。

彼女は、益岡よりまだ数歳も若いのだ。

孫ぐらいの年齢の職員たちと手話で軽口を交わし合っている益岡の姿を見ながら、トキ子もここに入所できたら、と思ったのだった。

事務で聞いてみると、やはり入所自体にはかなり「待ち」があるということだったが、ショートステイ（短期入所）やデイサービス（通所介護事業）なども行っているという。

「とりあえず入所申し込みをされて、今のうちはそういったものを利用されたらいかがでしょう」

事務員の親切な言葉に、荒井はもらったパンフレットを手にトキ子を訪ねた。

〈まあいつかは施設にやっかいにならんといけないと思ってはいたがな〉

そう言いながらも腰の重いトキ子を説き伏せ、種々の手続きをした。そして先月から、週に一回というペースでその施設のデイサービスに通い出したのだった。

その頃にはコロナの感染拡大も顕著になっており、残念ながら同行は叶わなかった。しかし、【通訳は問題ないよ、みんな手話ができるからな】

ＬＩＮＥで、トキ子から報告があった。

【益岡さんとも会ったよ。おしゃべりな人だな】

褒めているのかけなしているのか分からないメッセージの後に、誰に教わったのか、それまで使ったことのない「笑顔のスタンプ」がついていた。

「良かったわね」

荒井からその話を聞いたみゆきは、大きな笑みを浮かべた。

「独りは寂しいものねえ」

そう呟いた彼女の脳裏には、園子のことが浮かんでいるに違いない。

荒井は言った。

「お義母さんに、もう一度話してみようか、同居のこと」

「そうね……」

「瞳美のことを見てくれる人がいると、俺も仕事増やせるし」

半分は本音だった。

もし美和が開栄に合格したら、学費の問題が重くのしかかってくる。公的な補助を得られたとしても、今の経済状態で子供二人を私立に通わせる余裕はどう考えてもなかった。

何とかして収入を増やすか、あるいはどちらか公立に行ってもらうか、選択肢は二つに一つだ。

「でもお母さんが一緒に住んだら、どうなるかしらね……」

仕舞《しま》い忘れて寝てしまった瞳美のおもちゃを片付けながら、みゆきが呟いた。

それは、園子の家にあった「光と音が連動するピアノ」だった。鍵盤《けんばん》が光るのに合わせて押すとメロディや動物の鳴き声が流れるという仕組みで、「聴こえない」瞳美にとっては面白味のないはずなのに、「ピアノを弾いている真似」をしては荒井たちの反応を窺おうとする。おそらく、園子に預かってもらっていた時に覚えたのだろう。

自分では聴こえない「音」を出すと、相手が喜んで手を叩いてくれる。

荒井たちとて、それを無視するわけにはいかなかった。

みゆきが、「美和が言ってたんだけど」と話を続けた。

「最近のイヤフォンで耳にかける型のやつあるでしょう? あれで英語の教材を聴いてたら、瞳美が来て〈それすると、わたしもきこえるようになるの?〉って訊いてきたんだって」

「——補聴器のことか」

いつか、司がつけていたのに興味を示していたことを思い出した。しかし、補聴器=聴こえるようになる、というのはどこで覚えたのか。

「れんちゃんっているでしょう? 園の」

「ああ」

「あの子がこの前、補聴器つけてきたらしいの。それで、子供たちの間でそんな話になったらしいのね」

恵清学園に通う園児たちは、基本的には親が「手話で育てる」ことを選んだ子供たちだ。しかし、補聴器や人工内耳を禁止しているわけではない。人工内耳装用の子こそいなかったが、補聴器に関しては、自宅や他の場所ではつけている子もいる。そういった園児がたまにつけてくることもあるのだった。

「美和、何て答えたんだ?」

「少しは聴こえるようになる人もいるし、つけてもほとんど聴こえない人もいるんだよ、って」

「そしたら?」

みゆきは首を振った。

「〈ふーん〉って、それだけだったらしい」

「……そうか」

瞳美が、「聴こえる世界」に興味を持ち始めているのは間違いのないことだった。

つけっぱなしていたテレビに、ふと目をやる。

深夜のニュース番組。いつものことで、瞳美がいない時でも音声はオフにしてある。

テロップが流れていた。

『旧優生保護法下で不妊手術を強いられ、憲法が保障する幸福追求権などを侵害されたとして、ともに聴覚障害のある夫婦が国に損害賠償を求めた訴訟の……』

判決の結果は、今回もまた原告側敗訴だった。

旧法については「子を産み育てるか否かの意思決定を侵害し、特定の障害や疾患がある人を不良と断定し極めて非人道的かつ差別的」などとして違憲と判断した一方で、賠償請求については「すでに除斥《じょせき》期間が経過しており、権利が消滅した」として退けていた。

夫は八十代、妻は七十代。ともに二十代だった頃、母親に何の説明もなく病院に連れて行かれ、堕胎と不妊の手術を受けさせられた。術後に事実を知ったが、両親に抗議もできなかったという。

判決を受けての、夫婦の談話がやはりテロップで流れる。

『不妊手術をされたことは、誰にも相談できなかった。兄弟に子供ができて、大きくなっていくのを見て、羨《うらや》ましかった』

『耳が聴こえなくて不幸と感じたことはなかった。でももしあの時に戻れたら、どんなことをしてでも親に逆らって、赤ちゃんを産んだと思います』

荒井の視線を追って、みゆきもその画面を見つめていた。

「親の愛情って、時として子供のためにならないのよね……」

みゆきが呟く。

荒井は、胸の内で肯いた。
確かに、親の愛は無償のものだ。
子供の将来を心配して。より苦労の少ないように。
だからと言って、それが常に正しいとは限らない。
いや、正しいかどうかなど、誰にも分からないのだろう。
時としてそれが、「子ども自身の望み」と異なる場合がある、ということだ。
「子供の幸福を妨《さまた》げる」ことさえ――。
「私たち、間違ってないよね」
そう言ってみゆきが、荒井のことを見た。
言葉ほど、深刻な表情ではなかった。
ああ、もちろん。
すぐにそう答えてくれると思っていたのだろう。
しかし、荒井は言葉を返せなかった。
肯くことさえできない夫のことを見つめていた妻の表情が、変わっていく。
その顔に不安が広がっていくのを、荒井はただ、見ているしかなかった。

あとがき

現在も進行中であるコロナ禍《か》については、小説家であれば誰しも作品内でどのように扱うか（あるいは扱わないか）悩むところだと思うが、今回の作品に関しては、書く前より「二〇二〇年春から秋にかけてのコロナ禍の下《もと》、ろう者社会と荒井家に起きた出来事をドキュメント風に描いてゆく」と決めていた。

従って、同時期に現実社会で起きたことについても小説内で取り入れている。時事的な出来事についてはおおむね事実に基づいているが、聴覚障害者をめぐって起きたいくつかの事柄に関しては、参考とした事象はあるものの、あくまでフィクションであり、特定の人物や団体とは関わりない。新聞記事等の記述についても、実際のものとは異なる。

ただし、『いわゆる「3・3声明」と呼ばれているもの』については、社団法人京都府ろうあ協会並びに京都府立ろう学校同窓会が出した提言「ろう教育の民主化をすすめるために―ろうあ者の差別を中心として―」より引用した。

また、一九二ページ二〇行目からの引用部分に関しては、『手話言語白書　多様な言語の共生社会をめざして』（一般財団法人全日本ろうあ連盟［編集］　明石書店）一七九ページ八行目〜一六行目　同一八行目〜二二行目より引用している。

「ディナーテーブル症候群」の概要に関しては、「ろうなび　ろう者が選んだろう・難聴に関する学術情報ポータルサイト」のホームページを参考にし、同サイトに掲載されている〈日本手話抄訳　文字起こし〉の内容を、「ろうなび」運営者の許可を得た上で要約した。

一六六ページから一六八ページの『「ディナーテーブル症候群」についてのリサーチ結果』に関しては、同サイトの活動とは別に、ろう者である知人の「mami」さんにリサーチを依頼し、集まったコメントから抜粋、引用させていただいた。その内容については、「勝俣郁美のろう学校時代の同級生たちへの聞き取り」や「公判時の郁美の同級生の証言」の内容にも活かされている。「mami」さん並びにアンケートにお答えいただいた皆さまにはこの場を借りて御礼申し上げます。

その他にも、多くの方々にご協力いただき、いくつかの文献を参考にした。

手話通訳関連については、今までのシリーズと同じく、手話通訳士である知人の仁木美登里さん、たかはしなつこさんにご教示いただいた。

裁判場面・法律関係についても、同様に、弁護士である久保有希子先生よりご指導を受けた。

また、聴母《ちょうはは》としてろう児の子育てをされている知人のSさんに多くのことを教わった。

本作の初出である「しんぶん赤旗」連載時には、「代々木手話サークル」の皆さんにもご助言いただいた。

作中の恵清学園による「学習支援動画」については、私立の特別支援学校「明晴《めいせい》学園」〈東京都品川区〉がホームページ内「オンライン校・学部だより《手話の学校》」にアップしていた「手話動画」を参考にした。

荒井の母親の寄稿文については、前掲の『手話言語白書』に掲載された高井保嘉さんのコラム「私の息子はきこえている」の内容を参考にし、ご本人の了解を得た上で取り入れさせていただいた。

手話の歴史やろうあ運動については、同書および『新しい聴覚障害者像を求めて』（財団法人全日本ろうあ連盟出版局）、ＤＶＤ『昭和を切り拓いたろう女性からあなたへ』（撮影・編集　今村彩子　企画・発売・販売元 Lifestyles of Deaf Women）、社会福祉法人聴力障害者情報文化センター所蔵の資料（サークル会報含む）その他インターネットサイト記事などを参考にした。

ただし、最終的な文面についてはすべて作者である私に責任がある。

聴覚障害者をめぐる状況は日々変化しており、シリーズを書き始めた当初からの「当事者ではない自分がこんな物語を書いていいのだろうか」という自問はますます強くなっている。コーダの当事者団体である J-CODA の活動や、『しくじり家族』（ＣＣＣメディアハウス）『ろうの両親から生まれたぼくが聴こえる世界と聴こえない世界を行き来して考えた30のこと』（幻冬舎）を著した五十嵐大さんなど、コーダ自身による発信も増えている。

そろそろ退きどきかと思いつつ、一方で、この物語を生み出してしまった「親としての責任」のような感情が芽生え始めているのも事実だ。

荒井家が今後どうなっていくのか、作者自身にも分からないのが正直なところではあるが、読者の皆さんの支持さえあれば、また続きを書いてみたいという思いは残っている。

初出
「しんぶん赤旗」二〇二一年二月二十一日～八月六日

わたしのいないテーブルで
デフ・ヴォイス

2021年8月31日　初版
2024年1月19日　再版

著者＊＊＊丸山　正樹（まるやま　まさき）
発行者＊＊＊渋谷健太郎
発行所＊＊＊株式会社東京創元社
〒162-0814　東京都新宿区新小川町1-5
電話：(03)3268-8231(代)
URL　https://www.tsogen.co.jp
Illustration＊＊＊高杉千明
Book Design＊＊＊鈴木久美
印刷＊＊＊フォレスト
製本＊＊＊加藤製本

乱丁・落丁本は、ご面倒ですが小社までご送付ください。
送料小社負担にてお取替えいたします。

　ISBN978-4-488-02848-0　C0093

〈デフ・ヴォイス〉スピンオフ

DETECTIVE IZUMORI◆Maruyama Masaki

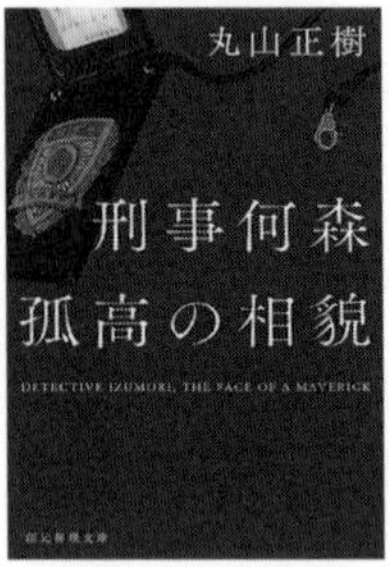

刑事何森 孤高の相貌

丸山正樹

創元推理文庫

◆

埼玉県警の何森《いずもり》稔《みのる》は、昔気質の一匹狼の刑事である。
有能だが、所轄署をたらいまわしにされていた。
久喜署に所属していた2007年のある日、
何森は深夜に発生した殺人事件の捜査に加わる。
障害のある娘と二人暮らしの母親が、
二階の部屋で何者かに殺害された事件だ。
二階へ上がれない娘は大きな物音を聞いて怖くなり、
ケースワーカーを呼んで通報してもらったのだという。
捜査本部の方針に疑問を持った何森は、
ひとり独自の捜査を始める――。
〈デフ・ヴォイス〉シリーズ随一の人気キャラクター・
何森刑事が活躍する、三編収録の連作ミステリ。

収録作品＝二階の死体，灰色でなく，ロスト

心臓を貫く衝撃の結末

HOW LIKE AN ANGEL◆Margaret Millar

まるで天使のような

マーガレット・ミラー
黒原敏行 訳 創元推理文庫

◆

山中で交通手段を無くした青年クインは、
〈塔〉と呼ばれる新興宗教の施設に助けを求めた。
そこで彼は一人の修道女に頼まれ、
オゴーマンという人物を捜すことになるが、
たどり着いた街でクインは思わぬ知らせを耳にする。
幸せな家庭を築き、誰からも恨まれることのなかった
平凡な男の身に何が起きたのか？
なぜ外界と隔絶した修道女が彼を捜すのか？

私立探偵小説と心理ミステリをかつてない手法で繋ぎ、
著者の最高傑作と称される名品が新訳で復活。

英国推理作家協会賞最終候補作

THE KIND WORTH KLLING◆Peter Swanson

そして
ミランダを
殺す

ピーター・スワンソン
務台夏子 訳 創元推理文庫

◆

ある日、ヒースロー空港のバーで、
離陸までの時間をつぶしていたテッドは、
見知らぬ美女リリーに声をかけられる。
彼は酔った勢いで、１週間前に妻のミランダの
浮気を知ったことを話し、
冗談半分で「妻を殺したい」と漏らす。
話を聞いたリリーは、ミランダは殺されて当然と断じ、
殺人を正当化する独自の理論を展開して
テッドの妻殺害への協力を申し出る。
だがふたりの殺人計画が具体化され、
決行の日が近づいたとき、予想外の事件が……。
男女４人のモノローグで、殺す者と殺される者、
追う者と追われる者の攻防が語られる衝撃作！

アメリカ探偵作家クラブ賞YA小説賞受賞作

CODE NAME VERITY◆Elizabeth Wein

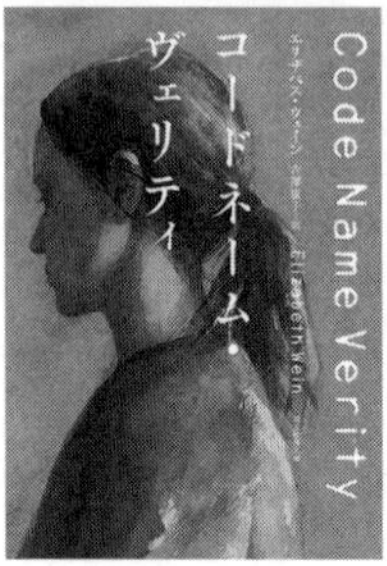

コードネーム・ヴェリティ

エリザベス・ウェイン

吉澤康子 訳　創元推理文庫

◆

第二次世界大戦中、ナチ占領下のフランスで
イギリス特殊作戦執行部員の若い女性が
スパイとして捕虜になった。
彼女は親衛隊大尉に、尋問を止める見返りに、
手記でイギリスの情報を告白するよう強制され、
紙とインク、そして二週間を与えられる。
だがその手記には、親友である補助航空部隊の
女性飛行士マディの戦場の日々が、
まるで小説のように綴られていた。
彼女はなぜ物語風の手記を書いたのか？
さまざまな謎がちりばめられた第一部の手記。
驚愕の真実が判明する第二部の手記。
そして慟哭の結末。読者を翻弄する圧倒的な物語！